TRADUÇÃO

Livia L.O. dos S. Drummond

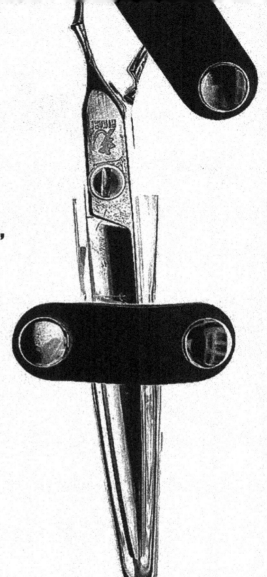

**Sonhei
que era
ninfomaníaca,**

imaginando...

KATHY ACKER

SONHEI QUE ERA NINFOMANÍACA,

IMAGINANDO...

SUMÁRIO

09 Começa o desejo

24 Encontro um objeto para o meu desejo

40 A história de Peter

57 São Francisco e...

75 Desconfiança

87 Sapatões

"Isso é muito apolítico, logo reacionário",
ele disse.
"Mas como o mundo teria de ser para
que esses eventos existissem?",
respondi.

8

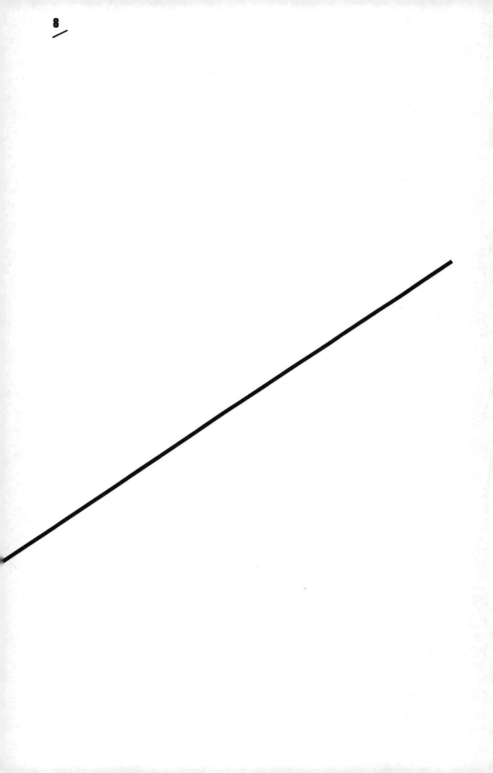

COMEÇA O DESEJO

1

Eu realmente adoro foder. Esses desejos, desejos inexplicáveis dentro de mim, me deixam enlouquecida, e não tenho como me livrar deles. Vivê-los. Tenho 27 anos e adoro foder. Às vezes, com quem eu quero; outras vezes, e não posso dizer quando, mas me lembro dessas ocasiões, com qualquer um que me tocar. Esses momentos, que chamo de ninfomaníacos, não têm nada a ver com o prazer físico (não são causados por ele), pois minha boceta poderia estar dolorida, eu poderia estar doente, e ainda assim me sentiria do mesmo jeito. Eu vou te provocar até você não saber o que está fazendo, meu amor, vou te agarrar; e depois farei qualquer coisa por você.

Nem sempre fui assim. Era uma vez uma menina inteligente e tranquila, que, como toda menina inteligente e tranquila, odiava os pais e não se preocupava com dinheiro. Oh, naquela época eu não me preocupava com nada! Saía com os rapazes, ficava fora até as cinco da manhã, depois entrava sorrateiramente em casa e lia muitos livros. Eu me preocupava mais com meus livros do que com qualquer pessoa, e dava um beijo de boa-noite neles quando ia dormir. Não ia a nenhum lugar sem um livro. Mas então veio a queda. Meus pais me botaram para fora de casa porque eu não estava interessada em me casar com um homem rico, não me importava o bastante com dinheiro para me tornar cientista ou prostituta e não fazia ideia de como ganhá-lo.

E não ganhei. Fiquei pobre e precisei encontrar uma maneira de justificar minha falta de jeito em relação a dinheiro. No início, como qualquer pessoa pobre, tive a ilusão de ser uma grande artista, mas isso logo passou. Nunca tive nenhum talento.

Quero foder com esses dois artistas fantásticos embora não seja artista: é disso que se trata. Essa é a única maneira pela qual posso tê-los. (Somente os quero por algumas horas. Dias.) Joias pendendo das pontas de galhos prateados. Também quero dinheiro.

Meu nome é Kathy Acker.

A história começa comigo totalmente entediada.

A ensolarada Califórnia é muito entediante; há muitos surfistas de bunda loira. Eu estava deitada na cama, me perguntando se deveria descer à praia ou tomar sol no pátio até desmaiar. Observava os pelos crespos sedosos e castanhos sob a palma da minha mão úmida subirem e descerem. Observava a elevação, a vulva contorcendo-se em agonia, e ria comigo mesma. De jeito nenhum, murmurei, com esses nojentos de jeito nenhum. Preciso amar alguém que, acariciando de leve, bem de leve, a minha carne possa dilacerar essa realidade, rasgar minha carne até sangrar. Joias vermelhas escorrendo pelas minhas pernas e pelos meus galhos. Preciso de alguém que saiba de tudo e que me ame eternamente; e depois pare. Meus gatos pularam em mim e esfregaram seus corpos deliciosos no meu. Meus gatos não existiam.

De repente ouvi uma batida na porta. Ninguém nunca bate na porta, apenas entram. Me perguntei se eram agentes do FBI, ou a Máfia do telefone atrás da Arte Povera. Abri a porta e vi Dan. Eu não sabia seu nome na época, e ele parecia desnorteado. Ao me ver, ficou assustado. Então percebi que tinha esquecido de me vestir. O sul da Califórnia é assim: quente.

"Com licença, estou procurando a avenida Belvedere, hum, número 46."

"Oh, você quer dizer a colina onde moram David e Elly; vou te mostrar. Tenho só que vestir uma roupa."

Ele me seguiu até meu quartinho.

Enquanto me inclinava lentamente para pegar a calça, percebi que ele me observava. Dan tinha cabelos castanhos, algumas espinhas. Não pude ver seus olhos porque estavam muito apertados, mas pareciam vermelhos. Era baixo e tinha um corpo como eu gosto: grande o bastante para pesar sobre mim; estava na casa dos trinta anos. Peguei a calça, hesitante. Começou a falar de novo: ele fala demais. Eu queria que ele arrancasse minha pele, que me levasse para o lugar onde eu estaria sempre insana. Ele não queria me foder, nem fazer nada comigo. Levantei a perna devagar para colocar a calça, mudei de ideia. Me virei; de repente, nos agarramos. Senti seu corpo: seus lábios grossos e molhados contra os meus, seus braços apertando minhas costas e minha cintura contra sua cintura grossa e infinita, sua boca sobre mim, me chupando, me explorando, eu quero isso.

"Eu quero você, seu filho da puta nojento, quero que você faça tudo comigo, quero que me diga que me quer, quero você de qualquer maneira que eu possa te ter. Entende?" Nós corremos, gritando noite adentro, não existe mais ninguém, os pés tocando a pedra fria, depois a areia, depois a água escura do oceano. Eu olho para cima: escuro; para a areia: escuro; eu o alcanço e caio. A água passa sobre nós. Nós nos levantamos, espirrando água; nossas bocas molhadas grudam uma na outra para nos manter eretos. Eu fico nas pontas dos pés, ondas escuram se erguem, aperto cuidadosamente minhas coxas nas dele para que seu pau possa tocar minha boceta. Com a mão direita ele acaricia o pau, encosta a ponta nos lábios da minha boceta, mexe para cima, eu o seguro firme, nós caímos.

Minha mão toca os pelos crespos e molhados e em seguida os grandes lábios da minha boceta. Pega areia, esfrega a areia nos grandes lábios da minha boceta. Duas áreas suaves e molhadas me tocam, recuam para que o ar frio rodopie, eu me toco e sinto um líquido quente escorrendo entre os lábios inchados, eu os sinto intumescidos, uma língua, um centro ardente me toca com mais força: levanto as pernas e o prendo. Tenho os mamilos duros como diamantes. Pressiono a pele interna dos joelhos contra os cabelos dele, ásperos. Imediatamente, sinto a aspereza: uma lixa esfregando a pele gritante sobre meu clitóris. A junção de meus pequenos lábios é quase mais sensível do que meu clitóris. Imediatamente, sinto a umidade da superfície macia, me lambendo com suavidade. Imediatamente, o centro ardente torna-se o meu centro ardente:

pressionando de forma ritmada até que o tempo se torne ardente como eu. Estou totalmente relaxada. Sou uma língua que não posso controlar: que imploro para me tocar a cada vez que ela para, de modo que eu possa me abrir mais, subir, subir em direção ao escuro, me abro subindo e gritando, posso sentir: sinto ondas de sensações gritando eu quero mais e mais.

No auge, quando acho que estou começando a descer, ele se joga sobre mim e me penetra, me fazendo gozar de novo e de novo. Tudo que sinto é seu pau se mexendo dentro de mim, circulando cada centímetro das paredes da minha boceta, movendo-se para a frente e para trás em cada centímetro, ele para, eu não posso, ele não começa empurrando o pau dentro de mim, mas empurrando a pele em torno do pau no meu clitóris, eu gozo e gozo, ele mexe o pau dentro de mim devagar, ainda mais devagar, e depois tira.

Por uma vida nova, tenho que mudar completamente.

Encontro o próximo artista num bar em Nova York. Estou farta de artistas. O homem que encontro em seguida é alto, moreno e bonito. Eu estava usando um tubinho preto de seda decotado nas costas até o rubi que sinaliza a abertura delicada da minha bunda: minúsculos diamantes negros nas orelhas e no centro das unhas. Eu tinha ido beber: era um antigo bar de travestis no East Village em Nova York e ninguém vai lá durante a semana, fileiras e fileiras de mesas cobertas de branco com lustres baixos pendurados quase sem luz: paredes de espelho refletem de volta, numa sucessão de reflexos, pequenas estrelas de luz. As únicas pessoas no bar são as duas mulheres que o dirigem, mulheres pequenas de cabelos grisalhos que parecem homens: incrivelmente sensuais. Um ou dois putos espanhóis. Eu queria ficar sozinha.

Eu não tinha passado. Não vou dar detalhes sobre mim porque essas duas ocorrências são os primeiros acontecimentos da minha vida. De resto, eu não existo: sou um espelho da beleza. O homem veio até mim e se sentou. Comprou duas cervejas. Eu não estava dando bola para ele.

"O que você realmente quer que aconteça?", ele me perguntou. Não consegui responder porque não digo a verdade a pessoas que conheço pouco, apenas a estranhos, a pessoas que conheço bem e às que quero me tornar. "Eu costumava ser um garanhão", ele estava tentando me deixar à vontade. "As donas de casa me pegavam de carro, me pagavam para satisfazê-las. Eu não me importava porque odeio donas de casa: essa classe. Naquela época, eu trabalhava num pequeno hotel: batia na porta de um quarto, um homem começava a gritar "não entre não entre", a gritar cada vez mais alto; depois de um tempo, jogava pela porta uma cueca cheia de sêmen. E uma nota de dez dólares."

Eu não poderia lhe dizer nada pois estava começando a respeitá-lo.

"Só gosto de gente da classe trabalhadora", continuou. Por baixo da mesa, ele estava derramando vinho lentamente sobre a seda preta na minha coxa. Mexi as pernas suavemente, abri-as, para que o líquido frio chegasse ao interior. Em seguida, apertei as coxas, esfregando-as lentamente. "Você tem muitos problemas com homens, não é?"

"Você não me ama?", gritei angustiada. "Não se importa comigo?"

Ele me tomou gentilmente nos braços e me beijou. Suave e gentilmente.

Não me apertou contra seu corpo nem me tocou apaixonadamente. "Rápido", ele sussurrou. "Antes que eles percebam."

Ele me jogou de volta na poltrona de veludo em que estávamos sentados, levantou meu vestido e me penetrou. Eu queria mais. Quando senti seu pau girar lentamente ao redor das peles nas paredes da boceta, tocando devagar cada centímetro, bem devagar, ele começou a derramar vinho no meu corpo novamente: o líquido esfriando toda a minha pele, exceto o interior ardente da pele da boceta. Ele colocou gelo na minha boca, nos meus olhos, ao redor dos bicos grandes e pesados dos meus peitos. O pau se movendo lentamente para fora de mim, e eu não suporto isso, não suporto essa ausência, começo a gritar, vejo minha vulva se erguer: os pelos grossos e castanhos cercados pela carne branca, a carne branca contra a seda preta: vejo o pau dele me penetrar, deslizar para dentro de mim como se pertencesse às minhas paredes viscosas, contraio os músculos ao redor do pau, mexendo, empurro para cima, milhares de dedos minúsculos no pau dele, dedos e línguas ardentes: isso acontece em público, tenho que agir rápido: ele explode, eu explodo e minha vulva se ergue em direção ao teto vermelho-preto, vejo-a se erguer em direção ao teto vermelho-preto, vejo que gozamos rápido.

Ele saiu rapidamente de cima de mim e arrumou nossas roupas. Ninguém no bar tinha percebido. Demos um beijo superficial de despedida e ele partiu.

Agora todas as noites sonho com meus dois amantes. Não tenho outra vida. Este é o reino da liberdade absoluta: posso sacrificar qualquer coisa. Eu vejo Dan. Pressiono a pele interna dos joelhos contra os cabelos dele, ásperos. Imediatamente, sinto a aspereza: uma lixa esfregando a pele gritante sobre meu clitóris. A junção de meus pequenos lábios é quase mais sensível do que meu clitóris. Imediatamente, sinto a umidade da superfície macia, me lambendo com suavidade. Imediatamente, o centro ardente torna-se o meu centro ardente: pressionando de forma ritmada até que o tempo se torne ardente como eu. Estou totalmente relaxada. Sou uma língua que não posso controlar: que imploro para me tocar a cada vez que ela para, de modo que eu possa me abrir mais, subir, subir em direção ao escuro, me abro subindo e gritando.

Vejo meu segundo artista amado: não suporto essa ausência, começo a gritar, vejo minha vulva se erguer: os pelos grossos e castanhos cercados pela carne branca, a carne branca contra a seda preta: vejo o pau dele me penetrar, deslizar para dentro de mim como se pertencesse às minhas paredes viscosas, contraio os músculos ao redor do pau, mexendo, empurro para cima, milhares de dedos minúsculos no pau dele, dedos e línguas ardentes: isso acontece em público, tenho que agir rápido: ele explode, eu explodo e minha vulva se ergue em direção ao teto vermelho-preto, vejo-a se erguer em direção ao teto vermelho-preto, vejo.

Quero uma mulher.

Estou farta de sonhar.

Decido encontrar esses dois artistas não importa onde e quando. Serei para eles a mulher mais bonita e inteligente do mundo.

2

Quero fazer algo bonito: um desejo antiquado. Para isso, devo primeiro realizar quatro tarefas, e na última devo morrer: Então terei algo bonito, e poderei foder com os homens que quero, porque eles vão querer me foder.

A primeira tarefa é aprender a ser o mais engenhosa possível: tenho que fazer o máximo possível para compensar minha falta de beleza e de charme. Não que eu não seja extremamente bonita. Tenho que aprender a fazer o melhor amor-sexo possível, e separar aqueles que posso amar daqueles que não posso amar. Tenho até o anoitecer para fazer isso.

Na noite passada sonhei que estava numa pequena elevação, num terreno gramado; Dan estava perto de mim, me encarando. Pôs os braços em volta do meu pescoço, me beijou, disse "eu te amo". Eu disse "eu te amo". Dois anos depois, estou cavalgando por uma floresta verde e úmida com minhas quatro irmãs mais novas, há folhas em nossos olhos e pele; tiramos as folhas do caminho, o cavalo marrom baixou o pescoço. Minha irmã mais nova depois de mim me diz que Dan a pediu em casamento dois meses antes. Estou galopando desvairadamente pela floresta, os galhos ferem meus olhos, as lascas de minha pele estão penduradas. Tento ir cada vez mais rápido. É noite. Três dias depois, à noite, apareço na sala de estar da casa dos meus pais: estamos nos mudando para Boston, para uma baía com vista para um céu negro, onde vou fazer faculdade. Tenho a pele do rosto ferida; hematomas em meus braços nus; um de meus olhos está vermelho. Minha família está contente por eu não ter morrido. Meu pai me cumprimenta, em seguida minha irmã mais velha, que é alta, loira, bonita, inteligente. Nós nos amamos muito. A sala em que nos encontramos é grande e marrom, tom sobre tom; meus pais são ricos, não muito ricos, e liberais. Um homem magro de cabelos escuros me pergunta se quero ir a uma festa. Eu quero. Subo correndo para me vestir: minha irmã e o homem, que é um amigo próximo da família, parecem felizes porque não vou me matar. Eu (fora do sonho) olho para mim mesma (dentro do sonho): sou alta e magra, cabelos pretos curtos e ondulados. Não sou bonita até que você me observe por um bom tempo. Estou muito séria. Quando entramos numa casa grande branca e acinzentada, percebemos que a festa é de um artista. O artista alto, moreno e bonito se aproxima de mim e me convida para dançar. Me pergunto se está me convidando porque quer se casar com uma garota rica. Ele me diz que é um artista de sucesso, que ganha muito dinheiro. Dançamos, dançamos até uma varanda escura; ele começa a tirar meu vestido preto enquanto me recosto no pórtico. Tenho duas taças de champanhe: uma em cada mão. Ele diz "eu poderia te estrangular assim", fico puta e vou embora. Quando começo a me afastar, vejo Dan e uma mulher na varanda: Dan se aproxima do homem com quem estou. Eles se cumprimentam: Dan admira o trabalho do estranho. Aceno com a cabeça para ele. Dan anuncia que vai se casar: apresenta a noiva. Eu me afasto para pegar mais champanhe. Quando volto para a varanda, uma loira se aproxima do grupo, o estranho diz: "Eu não sabia que você queria vir aqui". Ele nos apresenta a esposa. Estou enlouquecendo, mas resistindo admiravelmente. Se não foder com alguém em breve, se não souber que alguém me quer, terei que sair a cavalo por três dias novamente: fazer algo mais selvagem. Não posso me deter. Pego outra bebida. Mel qualquer coisa se aproxima de nós e diz: "Sou o único homem aqui que não é casado ou está prestes a se casar", o que significa que também posso foder com ele, porque estou muito desesperada. Como tenho muito dinheiro, peço-o em casamento: vou apoiá-lo. Digo a ele quanto dinheiro tenho. Ele diz: "Sim". Vá à merda, respondo. Estou de péssimo humor. Um velho amigo, que não vejo há alguns meses, aproxima-se de mim. Digo a ele que preciso de um ombro amigo para chorar. Sua nova amante aproxima-se dele: ele não pode fazer nada. Esse sonho é repulsivamente hétero. Pego uma garrafa de champanhe e bebo. Tenho que cavalgar pela floresta escura, os ventos rodopiam. Saio correndo da festa. Enquanto desço os largos degraus de madeira, me viro e vejo o artista alto e moreno. Ele pergunta se pode me ver novamente. Está muito sério. Eu digo que sim. Caio dos degraus, estou muito bêbada. Ele me pergunta se pretendo dirigir até em casa. Vou dirigir até o oceano, assim posso nadar, sou rica, faço o que quero, ele me levanta, me coloca no meu carro, me leva para casa, acabo fodendo com ele rapidamente, em seguida sua esposa chega, nunca mais o verei de novo, estou deitada na cama com minha irmã mais velha que amo e é muito séria, do tipo "eu cuidarei de você". Enquanto estamos fodendo, o namorado dela entra no quarto e nos interrompe, pois não devemos agir tãããoo

Na noite passada sonhei que estava numa pequena elevação, num terreno gramado; Dan estava perto de mim, me encarando. Pôs os braços em volta do meu pescoço, me beijou, disse "eu te amo". Eu disse "eu te amo". Dois anos depois, estou cavalgando por uma floresta verde e úmida com minhas quatro irmãs mais novas, há folhas em nossos olhos e pele; tiramos as folhas do caminho, o cavalo marrom baixou o pescoço. Minha irmã mais nova depois de mim me diz que Dan a pediu em casamento dois meses antes. Estou galopando desvairadamente pela floresta, os galhos ferem meus olhos, as lascas de minha pele estão penduradas. Tento ir cada vez mais rápido. É noite. Três dias depois, à noite, apareço na sala de estar da casa dos meus pais: estamos nos mudando para Boston, para uma baía com vista para um céu negro, onde vou fazer faculdade. Tenho a pele do rosto ferida; hematomas em meus braços nus; um de meus olhos está vermelho. Minha família está contente por eu não ter morrido. Meu pai me cumprimenta, em seguida minha irmã mais velha, que é alta, loira, bonita, inteligente. Nós nos amamos muito. A sala em que nos encontramos é grande e marrom, tom sobre tom; meus pais são ricos, não muito ricos, e liberais. Um homem magro de cabelos escuros me pergunta se quero ir a uma festa. Eu quero. Subo correndo para me vestir: minha irmã e o homem, que é um amigo próximo da família, parecem felizes porque não vou me matar. Eu (fora do sonho) olho para mim mesma (dentro do sonho): sou alta e magra, cabelos pretos curtos e ondulados. Não sou bonita até que você me observe por um bom tempo. Estou muito séria. Quando entramos numa casa grande branca e acinzentada, percebemos que a festa é de um artista. O artista alto, moreno e bonito se aproxima de mim e me convida para dançar. Me pergunto se está me convidando porque quer se casar com uma garota rica. Ele me diz que é um artista de sucesso, que ganha muito dinheiro. Dançamos, dançamos até uma varanda escura; ele começa a tirar meu vestido preto enquanto me recosto no pórtico. Tenho duas taças de champanhe: uma em cada mão. Ele diz "eu poderia te estrangular assim", fico puta e vou embora. Quando começo a me afastar, vejo Dan e uma mulher na varanda: Dan se aproxima do homem com quem estou. Eles se cumprimentam: Dan admira o trabalho do estranho. Aceno com a cabeça para ele. Dan anuncia que vai se casar: apresenta a noiva. Eu me afasto para pegar mais champanhe. Quando volto para a varanda, uma loira se aproxima do grupo, o estranho diz: "Eu não sabia que você queria vir aqui". Ele nos apresenta a esposa. Estou enlouquecendo, mas resistindo admiravelmente. Se não foder com alguém em breve, se não souber que alguém me quer, terei que sair a cavalo por três dias novamente: fazer algo mais selvagem. Não posso me deter. Pego outra bebida. Minha irmã, que também está bêbada, me convida para dançar. Ela está usando um vestido cinza e curto; dançamos rindo nos braços uma da outra. Me acomodo em seus braços: me deito de costas sobre seu braço esquerdo. Estamos encostadas numa parede cinza embaixo de uma pintura: ela me beija. Enquanto ela me olha de cima, me pergunto se se sente sexualmente atraída por mim. Estou excitada, pergunto a ela e ela diz que gostaria de me foder. Olho para ela e a beijo: quero foder com ela na frente de todas essas pessoas horripilantes. Seu namorado magro e de cabelos escuros se aproxima e nos diz que não podemos agir de modo tão selvagem: fazemos o que queremos em nosso quarto. Mel qualquer coisa se aproxima de nós e diz: "Sou o único homem aqui que não é casado ou está prestes a se casar", o que significa que também posso foder com ele, porque estou muito desesperada. Como tenho muito dinheiro, peço-o em casamento: vou apoiá-lo. Digo a ele quanto dinheiro tenho. Ele diz: "Sim". Vá à merda, respondo. Estou de péssimo humor. Um velho amigo, que não vejo há alguns meses, aproxima-se de mim. Digo a ele que preciso de um ombro amigo para chorar. Sua nova amante aproxima-se dele: ele não pode fazer nada. Esse sonho é repulsivamente hétero. Pego uma garrafa de champanhe e bebo. Tenho que cavalgar pela floresta escura, os ventos rodopiam. Saio correndo da festa. Enquanto desço os largos degraus de madeira, me viro e vejo o artista alto e moreno. Ele pergunta se pode me ver novamente. Está muito sério. Eu digo que sim. Caio dos degraus, estou muito bêbada. Ele me pergunta se pretendo dirigir até em casa. Vou dirigir até o oceano, assim posso nadar, sou rica, faço o que quero, ele me levanta, me coloca no meu carro, me leva para casa, acabo fodendo com ele rapidamente, em seguida sua esposa chega, nunca mais o verei de novo, estou deitada na cama com minha irmã mais velha que amo e é muito séria, do tipo "eu cuidarei de você". Enquanto estamos fodendo, o namorado dela entra no quarto e nos interrompe, pois não devemos agir tãããoo

Na noite passada sonhei que estava numa pequena elevação, num terreno gramado; Dan estava perto de mim, me encarando. Pôs os braços em volta do meu pescoço, me beijou, disse "eu te amo". Eu disse "eu te amo". Dois anos depois, estou cavalgando por uma floresta verde e úmida com minhas quatro irmãs mais novas, há folhas em nossos olhos e pele; tiramos as folhas do caminho, o cavalo marrom baixou o pescoço. Minha irmã mais nova depois de mim me diz que Dan a pediu em casamento dois meses antes. Estou galopando desvairadamente pela floresta, os galhos ferem meus olhos, as lascas de minha pele estão penduradas. Tento ir cada vez mais rápido. É noite. Três dias depois, à noite, apareço na sala de estar da casa dos meus pais: estamos nos mudando para Boston, para uma baía com vista para um céu negro, onde vou fazer faculdade. Tenho a pele do rosto ferida; hematomas em meus braços nus; um de meus olhos está vermelho. Minha família está contente por eu não ter morrido. Meu pai me cumprimenta, em seguida minha irmã mais velha, que é alta, loira, bonita, inteligente. Nós nos amamos muito. A sala em que nos encontramos é grande e marrom, tom sobre tom; meus pais são ricos, não muito ricos, e liberais. Um homem magro de cabelos escuros me pergunta se quero ir a uma festa. Eu quero. Subo correndo para me vestir: minha irmã e o homem, que é um amigo próximo da família, parecem felizes porque não vou me matar. Eu (fora do sonho) olho para mim mesma (dentro do sonho): sou alta e magra, cabelos pretos curtos e ondulados. Não sou bonita até que você me observe por um bom tempo. Estou muito séria. Quando entramos numa casa grande branca e acinzentada, percebemos que a festa é de um artista. O artista alto, moreno e bonito se aproxima de mim e me convida para dançar. Me pergunto se está me convidando porque quer se casar com uma garota rica. Ele me diz que é um artista de sucesso, que ganha muito dinheiro. Dançamos, dançamos até uma varanda escura; ele começa a tirar meu vestido preto enquanto me recosto no pórtico. Tenho duas taças de champanhe: uma em cada mão. Ele diz "eu poderia te estrangular assim", fico puta e vou embora. Quando começo a me afastar, vejo Dan e uma mulher na varanda: Dan se aproxima do homem com quem estou. Eles se cumprimentam: Dan admira o trabalho do estranho. Aceno com a cabeça para ele. Dan anuncia que vai se casar: apresenta a noiva. Eu me afasto para pegar mais champanhe. Quando volto para a varanda, uma loira se aproxima do grupo, o estranho diz: "Eu não sabia que você queria vir aqui". Ele nos apresenta a esposa. Estou enlouquecendo, mas resistindo admiravelmente. Se não foder com alguém em breve, se não souber que alguém me quer, terei que sair a cavalo por três dias novamente: fazer algo mais selvagem. Não posso me deter. Pego outra bebida. Minha irmã, que também está bêbada, me convida para dançar. Ela está usando um vestido cinza e curto; dançamos rindo nos braços uma da outra. Me acomodo em seus braços: me deito de costas sobre seu braço esquerdo. Estamos encostadas numa parede cinza embaixo de uma pintura: ela me beija. Enquanto ela me olha de cima, me pergunto se se sente sexualmente atraída por mim. Estou excitada, pergunto a ela e ela diz que gostaria de me foder.

Olho para ela e a beijo: quero foder com ela na frente de todas essas pessoas horripilantes. Seu namorado magro e de cabelos escuros se aproxima e nos diz que não podemos agir de modo tão selvagem: fazemos o que queremos em nosso quarto. Mel qualquer coisa se aproxima de nós e diz: "Sou o único homem aqui que não é casado ou está prestes a se casar", o que significa que também posso foder com ele, porque estou muito desesperada. Como tenho muito dinheiro, peço-o em casamento: vou apoiá-lo. Digo a ele quanto dinheiro tenho. Ele diz: "Sim". Vá à merda, respondo. Estou de péssimo humor. Um velho amigo, que não vejo há alguns meses, aproxima-se de mim. Digo a ele que preciso de um ombro amigo para chorar. Sua nova amante aproxima-se dele: ele não pode fazer nada. Esse sonho é repulsivamente hétero. Pego uma garrafa de champanhe e bebo. Tenho que cavalgar pela floresta escura, os ventos rodopiam. Saio correndo da festa. Enquanto desço os largos degraus de madeira, me viro e vejo o artista alto e moreno. Ele pergunta se pode me ver novamente. Está muito sério. Eu digo que sim. Caio dos degraus, estou muito bêbada. Ele me pergunta se pretendo dirigir até em casa. Vou dirigir até o oceano, assim posso nadar, sou rica, faço o que quero, ele me levanta, me coloca no meu carro, me leva para casa, acabo fodendo com ele rapidamente, em seguida sua esposa chega, nunca mais o verei de novo, estou deitada na cama com minha irmã mais velha que amo e é muito séria, do tipo "eu cuidarei de você". Enquanto estamos fodendo, o namorado dela entra no quarto e nos interrompe, pois não devemos agir tãããão

     Na noite passada sonhei que estava numa pequena elevação, num terreno gramado; Dan estava perto de mim, me encarando. Pôs os braços em volta do meu pescoço, me beijou, disse "eu te amo". Eu disse "eu te amo". Dois anos depois, estou cavalgando por uma floresta verde e úmida com minhas quatro irmãs mais novas, há folhas em nossos olhos e pele; tiramos as folhas do caminho, o cavalo marrom baixou o pescoço. Minha irmã mais nova depois de mim me diz que Dan a pediu em casamento dois meses antes. Estou galopando desvairadamente pela floresta, os galhos ferem meus olhos, as lascas de minha pele estão penduradas. Tento ir cada vez mais rápido. É noite. Três dias depois, à noite, apareço na sala de estar da casa dos meus pais: estamos nos mudando para Boston, para uma baía com vista para um céu negro, onde vou fazer faculdade. Tenho a pele do rosto ferida; hematomas em meus braços nus; um de meus olhos está vermelho. Minha família está contente por eu não ter morrido. Meu pai me cumprimenta, em seguida minha irmã mais velha, que é alta, loira, bonita, inteligente. Nós nos amamos muito. A sala em que nos encontramos é grande e marrom, tom sobre tom; meus pais são ricos, não muito ricos, e liberais. Um homem magro de cabelos escuros me pergunta se quero ir a uma festa. Eu quero. Subo correndo para me vestir: minha irmã e o homem, que é um amigo próximo da família, parecem felizes porque não vou me matar. Eu (fora do sonho) olho para mim mesma (dentro do sonho): sou alta e magra, cabelos pretos curtos e ondulados. Não sou bonita até que você me observe por um bom tempo. Estou muito séria. Quando entramos numa casa grande branca e acinzentada, percebemos que a festa é de um artista. O artista alto, moreno e bonito se aproxima de mim e me convida para dançar. Me pergunto se está me convidando porque quer se casar com uma garota rica. Ele me diz que é um artista de sucesso, que ganha muito dinheiro. Dançamos, dançamos até uma varanda escura; ele começa a tirar meu vestido preto enquanto me recosto no pórtico. Tenho duas taças de champanhe: uma em cada mão. Ele diz "eu poderia te estrangular assim", fico puta e vou embora. Quando começo a me afastar, vejo Dan e uma mulher na varanda: Dan se aproxima do homem com quem estou. Eles se cumprimentam: Dan admira o trabalho do estranho. Aceno com a cabeça para ele. Dan anuncia que vai se casar: apresenta a noiva. Eu me afasto para pegar mais champanhe. Quando volto para a varanda, uma loira se aproxima do grupo, o estranho diz: "Eu não sabia que você queria vir aqui". Ele nos apresenta a esposa. Estou enlouquecendo, mas resistindo admiravelmente.

Se não foder com alguém em breve, se não souber que alguém me quer, terei que sair a cavalo por três dias novamente: fazer algo mais selvagem. Não posso me deter. Pego outra bebida. Minha irmã, que também está bêbada, me convida para dançar. Ela está usando um vestido cinza e curto; dançamos rindo nos braços uma da outra. Me acomodo em seus braços: me deito de costas sobre seu braço esquerdo. Estamos encostadas numa parede cinza embaixo de uma pintura: ela me beija. Enquanto ela me olha de cima, me pergunto se se sente sexualmente atraída por mim. Estou excitada, pergunto a ela e ela diz que gostaria de me foder. Olho para ela e a beijo: quero foder com ela na frente de todas essas pessoas horripilantes. Seu namorado magro e de cabelos escuros se aproxima e nos diz que não podemos agir de modo tão selvagem: fazemos o que queremos em nosso quarto. Mel qualquer coisa se aproxima de nós e diz: "Sou o único homem aqui que não é casado ou está prestes a se casar", o que significa que também posso foder com ele, porque estou muito desesperada. Como tenho muito dinheiro, peço-o em casamento: vou apoiá-lo. Digo a ele quanto dinheiro tenho. Ele diz: "Sim". Vá à merda, respondo. Estou de péssimo humor. Um velho amigo, que não vejo há alguns meses, aproxima-se de mim. Digo a ele que preciso de um ombro amigo para chorar. Sua nova amante aproxima-se dele: ele não pode fazer nada. Esse sonho é repulsivamente hétero. Pego uma garrafa de champanhe e bebo. Tenho que cavalgar pela floresta escura, os ventos rodopiam. Saio correndo da festa. Enquanto desço os largos degraus de madeira, me viro e vejo o artista alto e moreno. Ele pergunta se pode me ver novamente. Está muito sério. Eu digo que sim. Caio dos degraus, estou muito bêbada. Ele me pergunta se pretendo dirigir até em casa. Vou dirigir até o oceano, assim posso nadar, sou rica, faço o que quero, ele me levanta, me coloca no meu carro, me leva para casa, acabo fodendo com ele rapidamente, em seguida sua esposa chega, nunca mais o verei de novo, estou deitada na cama com minha irmã mais velha que amo e é muito séria, do tipo "eu cuidarei de você". Enquanto estamos fodendo, o namorado dela entra no quarto e nos interrompe, pois não devemos agir tããão

ENCONTRO UM OBJETO PARA O MEU DESEJO

Recordo minha segunda tarefa:

Pergunto a Bob se posso usar a máquina de escrever. Dia e noite. "Tudo bem." As fitas que tenho não servem: vou comprar uma fita nova. Estou datilografando com furor; Bob me pergunta se vou usar a máquina hoje e amanhã. Tem um trabalho para entregar. "Só hoje. Estou escrevendo um livro novo, meu prazo é amanhã." "Seria melhor você me deixar usá-la: você pode ficar com ela à noite, fazer as suas coisas depois. Dê o fora daqui." Todo mundo está me olhando: junto minhas coisas e saio. Desço os degraus até onde tudo é verde e amarelo. Peter (meu irmão) grita comigo porque estamos fazendo um livro com Bob, e não estou agindo profissionalmente. Ando pela grama espessa até o carro: não consigo cair na calçada e chorar. Sou poeta e o que faço é sagrado. As pessoas que me afastam dos poucos e péssimos instrumentos de que preciso para divulgar essa porcaria são más. Estão usando os instrumentos para os negócios. Não respeitam as atividades sagradas.

Esta noite é a noite do baile dado pelos sócios da Ópera. Toda Paris estará lá: artistas que não sabem nada, banqueiros ricos que se alimentam do sangue dos pobres, pois é pobre todo aquele que trabalha, que pensa que ele ou ela tem poder sobre a própria vida, revolucionários se escondendo das garras da polícia, ou melhor, das garras dos ricos que fingem estar interessados apenas no prazer; mulheres que sabem que sua sexualidade é infinita e sagrada; a escória que vive na rua da miséria e vê tudo o que acontece. Os filósofos da cidade que sabem que a cidade e esse estilo de vida estão condenados.

Estou apaixonada por Peter, um homem capaz de iludir ambos os sexos. Ele costuma usar roupas femininas: saias compridas de seda branca com finas rendas brancas e xales cor de neve: nelas, ele se parece tanto um fauno fêmea como um rapazote que adora provocar.

Embora Peter seja macho, não considero seu gênero um defeito. A despeito do fato (evento) de ele não ter escolhido o próprio sexo, não desgosto dos homens. Eles são, por natureza ou por condicionamento social, cruéis, arrogantes, egoístas, orgulhosos, estúpidos, teimosos, relutantes em admitir sua estupidez, propensos a ser amigos apenas daqueles a quem julgam inferiores, como as mulheres; mas podem ser ensinados a ser de outra maneira. Têm algumas características boas, embora não me ocorra nenhuma no momento. Eles podem ser domados; e, se tratados com severidade e cuidado, ser excelentes consortes. Ultimamente tenho pensado no quanto a minha identidade pouco importa, em como as necessidades físicas, lentamente, estão fazendo mudar esse esplendor como o conheço, originando um novo mundo do qual não faço ideia. Não tenho sentimentos sobre essa mudança: simplesmente a observo. Como se os indivíduos não importassem. A noite nesta cidade é incrivelmente bela: galhos negros a flutuar diante de uma lua oscilante; estrelas minúsculas refletindo as luzes dos postes etc. Eu não tenho certeza se quero,

Como poeta, sou na verdade uma agente do ANS.[1] Minha missão é revelar as incertezas, insignificâncias e equivalências finais de todas as identidades. Transformação em quê? As mudanças que forem necessárias ocorrerão apesar do medo e da ganância. Não estou interessada em ser uma heroína. Não tenho nada a dizer ou a ensinar. Vou ao baile da Ópera contatar outro agente, PP (ou Peter), que está fugindo da CIA e precisa de abrigo, de uma maneira de chegar a seu próximo contato. Preciso fingir que estou apaixonada por ele.

---

1 O "acordo de nível de serviço" (*service-level agreement*) é um tipo de contrato em que ficam firmadas as responsabilidades que cabem a cada uma das partes e o nível de desempenho que os envolvidos precisam atingir em suas funções. [N. T.]

Obviamente, serei mais atraente para Peter se parecer mais masculina. Para mim, isso não importa.

Um terno azul-escuro, camisa folgada, botas marrons e pesadas: não me importo muito com roupas. Vestida tranquilamente como um rapaz, pareço bem jovem. Vinte ou 22 anos.

Quando entro no baile, na grande casa escura da Rue de Montparnasse, iluminada por mil lâmpadas bruxuleantes, luzes contra insetos que circundam a casa escura, não vejo ninguém: a sala branca é iluminada demais, deslumbrante demais e brilhante demais para que meus olhos se adaptem. Ando de quarto em quarto: cada quarto mais claro que o outro. Por fim vejo uma mulher alta e esbelta vestida com peles brancas: um longo manto feito de penas brancas alternadas com pele de gambá arrastando-se sobre as luzes refinadas, um vestido fino de seda através do qual sua pele rosa-bronzeada reluz. Este é Peter. Pergunto se ela gostaria de

Estou sonhando em foder de novo e de novo, de novo e de novo, porque nunca estou satisfeita. A revolução está acontecendo, como diz "Blue" Gene, pois sem isso, não há clímax. Faço tudo que quero fazer: se alguém/alguma eventualidade se opõe a mim, faço o que posso para apagar essa oposição e, lentamente, a modifico. A revolução está acontecendo, como diz "Blue" Gene, porque "inato" e "aprendido" não são mais descrições viáveis: "dentro da mente" e "fora da mente" não são mais descrições viáveis. A revolução está acontecendo, como diz "Blue" Gene, dia após noite, noite após dia. Tenho que decidir se sou uma agente do ANS ou uma travesti desesperadamente apaixonada pela bicha mais deslumbrante da cidade.

Obviamente sou uma travesti desesperadamente apaixonada pela bicha mais deslumbrante da cidade. Ando devagar por esta cidade decadente, esta cidade composta de luzes, luzes reluzentes e céus negros, tudo está prestes a explodir na Assembleia onde o baile está sendo realizado. Quando entro no baile, na enorme casa cinza na esquina da Rue de Montparnasse, não vejo ninguém: formas escuras e mascaradas passam por mim enquanto cagam silenciosamente no chão.

Convido Peter para dançar. Ela estremece, afasta-se rapidamente de mim. Tomando-a pelo braço, conduzo-a pela sala branca adjacente até uma alcova mais escura. "Qual é o seu nome, querida? O que uma moça tão jovem como você está fazendo aqui?" "Tenho idade suficiente para fazer o que quero", ela responde. Por baixo dos cílios longos e grossos, ela olha timidamente meu corpo. "Ouça", eu acaricio gentilmente os pelos de seu braço direito. "Há muito tempo venho procurando uma mulher como você: gentil, meiga. Uma mulher a quem eu possa fazer exigências, como me apoiar; que não me exigirá nada que eu não possa satisfazer. Sinto-me culpada com extrema facilidade, não suportarei ser controlada. Uma mulher que flerte comigo, que espere até que eu tenha vontade de fazer sexo com ela, até que eu esteja apaixonada e relaxada; que vá sempre querer morar comigo, mas não me possuir. Que adore meus escritos."

"Tenho muito medo", seus olhos azuis me queimam por dentro, "de perder minha independência. Jamais vou querer estar numa situação em que me sinta presa."

As luzes da festa se apagaram.

"Preciso me sentir estável e capaz de fazer o que eu quiser, quando quiser. Meus gostos são burgueses demais: gosto de álcool, entorpecentes, sou decadente. Tenho medo de foder e raramente fodo. Estou mais preocupada com minha música; o mais importante é ser capaz de compor o máximo possível."

Eu lhe assegurei que jamais atrapalharia seu trabalho. Só precisava de alguém que me desse apoio financeiro, me deixasse em paz, me fodesse e me dissesse que eu era uma escritora maravilhosa.

"Embora eu na verdade nunca tenha tido uma casa", ela murmura, "sou muito ingênua. Fui muito protegida durante toda a vida, por isso não conheço nada mais desesperador do que o mundo real. Nunca passarei fome ou morrerei por negligência médica, pois sempre posso contar com meus pais em termos financeiros, mas odeio esta sociedade: baseada em dinheiro e desejo de poder. Sonho toda noite que faço parte do ANS, que estou me escondendo da polícia e não consigo imaginar onde me esconder. Não sei como a maioria das pessoas sobrevive, não tendo pais como os meus." "Uma vez trabalhei num show de sexo", sussurrei. "Meus pais me amam, sempre vão me ajudar, mas não entendem minha visão política. Pensam que Nixon, Kissinger etc. são homens malvados e desviados, não produtos deste modo de vida. Não entendem por que eu digo que sou anarquista e por que falo com frequência, em performances, em vez de tocar/fazer outras pessoas tocarem minha música para que eu possa contar ao mundo o máximo possível sobre mim mesma. Odeio qualquer tipo de privacidade. Sou lenta; faço as coisas devagar; sou quieta e teimosa. Confiável, uma vez que tão lenta. Minha mãe receia que eu não seja confiável porque não quero trabalhar como secretária: quando sou obrigada a ter empregos de merda, odeio trabalhar, e deixo isso bem claro. Minha mãe diz que eu não deveria me sentir desse jeito. Ela quer que eu dependa dela; tem medo de que eu possa amar outra mulher além dela. Tenho outros dez irmãos."

"Você está dizendo tolices, querida." Coloco as mãos em meus quadris estreitos. "Precisa de um homem para cuidar de você: um homem de verdade, em cujo colo possa descansar a cabeça; a quem possa contar todos os seus problemas. Você precisa viver com alguém mais objetivo que seus pais. Acredita em casamento?"

"Eu nunca faria conscientemente nada que esta sociedade aprovasse. Admiro pessoas como Tania, Yolanda, Teko, Cujo, Zoya,[2] que se mostraram dispostas a sacrificar a própria vida por seus ideais. Gostaria de ter a coragem delas."

Peguei sua mão fina, levei-a para fora do baile. No início, ela começou a se afastar de mim, mas depois, com o corpo tremendo, me deixou levá-la para onde eu queria. Eu sabia que ela havia planejado cada um de seus tremores, cada um de seus sinais de

---

2 Nomes adotados por membros do Exército Simbionês de Libertação, organização revolucionária marxista, ativa nos eua entre o final dos anos 1960 e o início dos anos 1970. [N. T.]

medo, como mais uma maneira de me seduzir. Quando saímos da grande casa de madeira, os ventos varreram de seu ombro os longos cabelos loiros. Ela se envolveu em sua capa de veludo. Numa rua, nas sombras do prédio, vimos um homem inclinado sobre um corpo: ou o roubava ou batia nele. Cães latiram para nós e fugiram de nossos passos vazios. Em outra rua, num apartamento composto de um quarto, vimos uma mulher morrendo de fome: era gorda demais para se mexer, pobre demais para conseguir que alguém a ajudasse. Quinze crianças e seus dois pais viviam em outro quarto: eles tinham permissão para morar lá de graça porque o pai fazia a limpeza do prédio: não podiam contar com o auxílio da previdência social porque o pai trabalhava como zelador; mas, como na verdade não recebia nenhum pagamento, eles estavam morrendo de fome. Num hospital para pobres, um velho estava doente demais para caminhar de sua cadeira de madeira até a cortina onde ficava a cabine do médico; meia hora depois, vimos um policial dizer ao velho "sem vadiagem aqui" e jogá-lo na rua. Em seguida, vimos anjos subirem aos céus: anjos azuis, verdes e vermelhos: vimos suas mãos enormes pairando sobre os prédios. Sentei-me na rua: já não podia fazer nada: só podia pensar sobre mim mesma.

Vi Peter tirar lentamente a roupa e dançar nua pela rua na noite fria. No início bem devagar, depois girando cada vez mais rápido, os braços dobrados até as pontas dos dedos se tocarem. Vejo uma biblioteca sem livros e entro. Uma sucessão de grandes salas vazias conectadas por corredores, e escadas centrais e laterais que vão de corredor em corredor. A Escola de Dança de Viola Woolf. Dez ou quinze garotas com coquetéis e vestidos formais me cercam. Uma delas usa um vestido longo de *chiffon* branco com uma fita vermelha em torno da cintura. Estamos no andar de baixo. Começo a subir a escada central em direção ao salão de dança. À minha frente está o homem mau. Começo a persegui-lo, até capturá-lo! Corremos pela escada central, cada uma se dividindo em duas escadas laterais no andar seguinte, subimos uma escada à minha esquerda. Passando por uma sucessão de salas vazias e desconhecidas, cada vez mais assustada, subo a terceira escada central, vejo o assassino encostado no corrimão. Cercado por meus amigos, ele pula para alcançar a escada mais baixa e fugir; erra a escada cai pela abertura estreita entre a escada central e a lateral, pela abertura seguinte, pela abertura seguinte: ao cair, sua mão esquerda agarra a mão de uma das moças: quando ela cai, sua mão agarra a mão de outra pessoa etc. Vejo os corpos dos meus amigos se estatelando, se quebrando nas escadas de metal, eu vejo meus amigos morrerem. Percebo que eles querem morrer. Corro para detê-los: eu os convenço a parar. O resto das pessoas, cerca de um terço delas, se agarra ao corrimão o mais forte que podem.

Vejo os meus conhecidos tirando a roupa, arremessando descontroladamente os próprios membros por todo lado, até adquirirem uma certa percepção de seus corpos; transcendendo todas as barreiras possíveis, logo todas as barreiras. Na merda de cachorro e no lixo das ruas de Paris.

Vejo nas ruas meninos e meninas de dez e onze anos bebendo uma sucessão de garrafas de vinho, por não terem nada melhor a fazer. Na lavanderia, uma menina conta a um menino que o namorado está batendo nela. O menino: "Quer se casar comigo? Nunca fui casado". A menina: "Não sei. Tenho que ir para algum lugar". O menino: "Por que não se casa comigo?". A menina assente; eles compartilham pílulas. O menino coloca a cabeça no colo da menina: acaba com a garrafa de Ripple.[3] Quase desmaia. Entra um espanhol de quarenta anos: chama o menino e a menina para irem com ele. Eles vão. Eu vejo assassinos ao meu redor o tempo todo, uma luz branca-amarelada aparecendo bem devagar, subindo como poeira das ruas à noite, vejo êxtase em todos os lugares e quero ficar totalmente insana.

Peter ainda está dançando. Tenho medo de que um policial nos veja e nos prenda. Mal consigo ver o que quer que seja. Tenho que proteger Peter porque sou o mais forte: o homem.

"Venha, querida", sussurro para Peter. "Vamos ficar mais quentinhas na minha casa: é mais luxuosa. Nós"

De repente, estou em meus aposentos. Peter está recostada

---

3 Vinho de baixo custo produzido nos EUA na década de 1970. [N. T.]

em meu braço, graciosa e elegantemente.

Vejo um riacho, uma forte corrente, que me ergue sobre uma colina, depois rio abaixo. Ando por um corredor: à direita e à esquerda vejo salas perfeitas: à direita, uma sala marrom--avermelhada, uma mesa escura com objetos minúsculos, uma sala ao estilo de *Alice no País das Maravilhas*. Novamente à direita, meu quarto de bebê: um quarto azul-claro com pouquíssimos objetos. À esquerda, uma sala mágica azul-escura e marrom com mais móveis. Quero examinar cada uma dessas salas por um longo tempo, mas não posso. Tenho que chegar à sala final o mais rápido possível. Por ora, estou adiantada. Ando rápido pelo bosque, pela relva de veludo vermelho, pelo corredor. Finalmente chego à última sala, um amplo corredor vazio e depois uma parede que parece feita de metal amarelo. Mais acima viro à esquerda num grande ginásio, depois em outra sala, descendo em espiral cerca de quatro salas até chegar a uma lavanderia, vermelho-escura marrom e preta, na altura do primeiro corredor. Volto para o corredor: nenhum outro lugar para onde ir. Acho que me perdi porque não examinei as salas mágicas com cuidado, então não aprendi tudo. Fui rápida demais. Agora os outros me alcançaram. Tenho que voltar e examinar cada sala com todo o cuidado. Não me importo mais se não ganhar: estou interessada nas salas mágicas. Estou jogando um jogo, um tabuleiro enorme na maior mesa imaginável, que reflete a jornada que acabo de fazer. Meu pai e uma outra pessoa jogam contra mim. Começamos em pontos diferentes, percorremos o tabuleiro com objetivos diferentes. O riacho ou corrente que me ergueu no início é agora o futebol. O futebol é o primeiro objetivo. Estou quase lá; meu pai está um pouco à minha frente. Meus homens negros se transformam em grandes uvas roxas que colho (para conseguir mais homens) do centro do tabuleiro. O sol exibe um brilho extremo, quase cegante.

Há três tipos de mudança. Comecemos com o presente (um intervalo de tempo presente). Digamos que Peter e eu somos os indivíduos que ocorrem nesse presente: (1) Peter me precede; ou eu precedo Peter. (2) Peter e eu o ocupamos juntos; e Peter desaparece, eu permaneço. (3) Apenas Peter: Peter se move, muda de cor etc. Ou apenas eu: eu me movo, mudo de cor etc. Uma duração no presente não significa mudança, em teoria. Consideremos (2). Em (2), nossas durações se sobrepõem, a minha e a de Peter: a sobreposição é a essência da duração. Porque a duração deve ser mais complicada que (1), que pode ser apresentado por uma série de pontos numa linha do tempo. (3) é continuidade: (2) e (3) são os ingredientes da duração (ou do presente). Aplique essa noção de duração a outro indivíduo: a de identidade. Minha identidade em qualquer tempo depende da (minha) falta de estabilidade.

Recordo minha segunda tarefa:

Pergunto a Bob se posso usar a máquina de escrever. Dia e noite. "Tudo bem." As fitas que tenho não servem: vou comprar uma fita nova. Estou datilografando com furor; Bob me pergunta se vou usar a máquina hoje e amanhã. Tem um trabalho para entregar. "Só hoje. Estou escrevendo um livro novo, meu prazo é amanhã." "Seria melhor você me deixar usá-la: você pode ficar com ela à noite, fazer as suas coisas depois. Dê o fora daqui." Todo mundo está me olhando: junto minhas coisas e saio. Desço os degraus até onde tudo é verde e amarelo. Peter (meu irmão) grita comigo porque estamos fazendo um livro com Bob, e não estou agindo profissionalmente. Ando pela grama espessa até o carro: não consigo cair na calçada e chorar. Sou poeta e o que faço é sagrado. As pessoas que me afastam dos poucos e péssimos instrumentos de que preciso para divulgar essa porcaria são más. Estão usando os instrumentos para os negócios. Não respeitam as atividades sagradas.

Esta noite é a noite do baile dado pelos sócios da Ópera. Toda Paris estará lá: artistas que não sabem nada, banqueiros ricos que se alimentam do sangue dos pobres, pois é pobre todo aquele que trabalha, que pensa que ele ou ela tem poder sobre a própria vida, revolucionários se escondendo das garras da polícia, ou melhor, das garras dos ricos que fingem estar interessados apenas no prazer; mulheres que sabem que sua sexualidade é infinita e sagrada; a escória que vive na rua da miséria e vê tudo o que acontece. Os filósofos da cidade que sabem que a cidade e esse estilo de vida estão condenados.

Estou apaixonada por Peter, um homem capaz de iludir ambos os sexos. Ele costuma usar roupas femininas: saias compridas de seda branca com finas rendas brancos e xales cor de neve: nelas, ele se parece tanto um fauno fêmea como um rapazote que adora provocar.

Embora Peter seja macho, não considero seu gênero um defeito. A despeito do fato (evento) de ele não ter escolhido o próprio sexo, não desgosto dos homens. Eles são, por natureza ou por condicionamento social, cruéis, arrogantes, egoístas, orgulhosos, estúpidos, teimosos, relutantes em admitir sua estupidez, propensos a ser amigos apenas daqueles a quem julgam inferiores, como as mulheres; mas podem ser ensinados a ser de outra maneira. Têm algumas características boas, embora não me ocorra nenhuma no momento. Eles podem ser domados; e, se tratados com severidade e cuidado, ser excelentes consortes. Ultimamente tenho pensado no quanto a minha identidade pouco importa, em como as necessidades físicas, lentamente, estão fazendo mudar esse esplendor como o conheço, originando um novo mundo do qual não faço ideia. Não tenho sentimentos sobre essa mudança: simplesmente a observo. Como se os indivíduos não importassem. A noite nesta cidade é incrivelmente bela: galhos negros a flutuar diante de uma lua oscilante; estrelas minúsculas refletindo as luzes dos postes etc. Eu não tenho certeza se quero,

Como poeta, sou na verdade uma agente do ANS. Minha missão é revelar as incertezas, insignificâncias e equivalências finais de todas as identidades. Transformação em quê? As mudanças que forem necessárias ocorrerão apesar do medo e da ganância. Não estou interessada em ser uma heroína. Não tenho nada a dizer ou a ensinar. Vou ao baile da Ópera contatar outro agente, PP (ou Peter), que está fugindo da cia e precisa de abrigo, de uma maneira de chegar a seu próximo contato. Preciso fingir que estou apaixonada por ele.

Obviamente, serei mais atraente para Peter se parecer mais masculina. Para mim, isso não importa.

Um terno azul-escuro, camisa folgada, botas marrons e pesadas: não me importo muito com roupas. Vestida tranquilamente como um rapaz, pareço bem jovem. Vinte ou 22 anos.

Quando entro no baile, na grande casa escura da Rue de Montparnasse, iluminada por mil lâmpadas bruxuleantes, luzes contra insetos que circundam a casa escura, não vejo ninguém: a sala branca é iluminada demais, deslumbrante demais e brilhante demais para que meus olhos se adaptem. Ando de quarto em quarto: cada quarto mais claro que o outro. Por fim vejo uma mulher alta e esbelta vestida com peles brancas: um longo manto feito de penas brancas alternadas com pele de gambá arrastando-se sobre as luzes refinadas, um vestido fino de seda através do qual sua pele rosa-bronzeada reluz. Este é Peter. Pergunto se ela gostaria de

Estou sonhando em foder de novo e de novo, de novo e de novo, porque nunca estou satisfeita. A revolução está acontecendo, como diz "Blue" Gene, pois sem isso, não há clímax. Faço tudo que quero fazer: se alguém/alguma eventualidade se opõe a mim, faço o que posso para apagar essa oposição e, lentamente, a modifico. A revolução está acontecendo, como diz "Blue" Gene, porque "inato" e "aprendido" não são mais descrições viáveis: "dentro da mente" e "fora da mente" não são mais descrições viáveis. A revolução está acontecendo, como diz "Blue" Gene, dia após noite, noite após dia. Tenho que decidir se sou uma agente do ANS ou uma travesti desesperadamente apaixonada pela bicha mais deslumbrante da cidade.

Obviamente sou uma travesti desesperadamente apaixonada pela bicha mais deslumbrante da cidade. Ando devagar por esta cidade decadente, esta cidade composta de luzes, luzes reluzentes e céus negros, tudo está prestes a explodir na Assembleia onde o baile está sendo realizado. Quando entro no baile, na enorme casa cinza na esquina da Rue de Montparnasse, não vejo ninguém: formas escuras e mascaradas passam por mim enquanto cagam silenciosamente no chão.

Convido Peter para dançar. Ela estremece, afasta-se rapidamente de mim. Tomando-a pelo braço, conduzo-a pela sala branca adjacente até uma alcova mais escura.

"Qual é o seu nome, querida? O que uma moça tão jovem como você está fazendo aqui?"

"Tenho idade suficiente para fazer o que quero", ela responde. Por baixo dos cílios longos e grossos, ela olha timidamente meu corpo.

"Ouça", eu acaricio gentilmente os pelos de seu braço direito. "Há muito tempo venho procurando uma mulher como você: gentil, meiga. Uma mulher a quem eu possa fazer exigências, como me apoiar; que não me exigirá nada que eu não possa satisfazer. Sinto-me culpada com extrema facilidade, não suportarei ser controlada. Uma mulher que flerte comigo, que espere até que eu tenha vontade de fazer sexo com ela, até que eu esteja apaixonada e relaxada; que vá sempre querer morar comigo, mas não me possuir. Que adore meus escritos."

"Tenho muito medo", seus olhos azuis me queimam por dentro, "de perder minha independência. Jamais vou querer estar numa situação em que me sinta presa."

As luzes da festa se apagaram.

"Preciso me sentir estável e capaz de fazer o que eu quiser, quando quiser. Meus gostos são burgueses demais: gosto de álcool, entorpecentes, sou decadente. Tenho medo de foder e raramente fodo. Estou mais preocupada com minha música; o mais importante é ser capaz de compor o máximo possível."

Eu lhe assegurei que jamais atrapalharia seu trabalho. Só precisava de alguém que me desse apoio financeiro, me deixasse em paz, me fodesse e me dissesse que eu era uma escritora maravilhosa.

"Embora eu na verdade nunca tenha tido uma casa", ela murmura, "sou muito ingênua. Fui muito protegida durante toda a vida, por isso não conheço nada mais desesperador do que o mundo real. Nunca passarei fome ou morrerei por negligência médica, pois sempre posso contar com meus pais em termos financeiros, mas odeio esta sociedade: baseada em dinheiro e desejo de poder. Sonho toda noite que faço parte do ANS, que estou me escondendo da polícia e não consigo imaginar onde me esconder. Não sei como a maioria das pessoas sobrevive, não tendo pais como os meus."

"Uma vez trabalhei num show de sexo", sussurrei.

"Meus pais me amam, sempre vão me ajudar, mas não entendem minha visão política. Pensam que Nixon, Kissinger etc. são homens malvados e desviados, não produtos deste modo de vida. Não entendem por que eu digo que sou anarquista e por que falo com frequência, em performances, em vez de tocar/fazer outras pessoas tocarem minha música para que eu possa contar ao mundo o máximo possível sobre mim mesma. Odeio qualquer tipo de privacidade. Sou lenta; faço as coisas devagar; sou quieta e teimosa. Confiável, uma vez que tão lenta. Minha mãe receia que eu não seja confiável porque não quero trabalhar como secretária: quando sou obrigada a ter empregos de merda, odeio trabalhar, e deixo isso bem claro. Minha mãe diz que eu não deveria me sentir desse jeito. Ela quer que eu dependa dela; tem medo de que eu possa amar outra mulher além dela. Tenho outros dez irmãos."

"Você está dizendo tolices, querida." Coloco as mãos em meus quadris estreitos. "Precisa de um homem para cuidar de você: um homem de verdade, em cujo colo possa descansar a cabeça; a quem possa contar todos os seus problemas. Você precisa viver com alguém mais objetivo que seus pais. Acredita em casamento?"

"Eu nunca faria conscientemente nada que esta sociedade aprovasse. Admiro pessoas como Tania, Yolanda, Teko, Cujo, Zoya, que se mostraram dispostas a sacrificar a própria vida por seus ideais. Gostaria de ter a coragem delas."

Peguei sua mão fina, levei-a para fora do baile. No início, ela começou a se afastar de mim, mas depois, com o corpo tremendo, me deixou levá-la para onde eu queria. Eu sabia que ela havia planejado cada um de seus tremores, cada um de seus sinais de medo, como mais uma maneira de me seduzir. Quando saímos da grande casa de madeira, os ventos varreram de seu ombro os longos cabelos loiros. Ela se envolveu em sua capa de veludo. Numa rua, nas sombras do prédio, vimos um homem inclinado sobre um corpo: ou o roubava ou batia nele. Cães latiram para nós e fugiram de nossos passos vazios. Em outra rua, num apartamento composto de um quarto, vimos uma mulher morrendo de fome: era gorda demais para se mexer, pobre demais para conseguir que alguém a ajudasse. Quinze crianças e seus dois pais viviam em outro quarto: eles tinham permissão para morar lá de graça porque o pai fazia a limpeza do prédio: não podiam contar com o auxílio da previdência social porque o pai trabalhava como zelador; mas, como na verdade não recebia nenhum pagamento, eles estavam morrendo de fome. Num hospital para pobres, um velho estava doente demais para caminhar de sua cadeira de madeira até a cortina onde ficava a cabine do médico; meia hora depois, vimos um policial dizer ao velho "sem vadiagem aqui" e jogá-lo na rua. Em seguida, vimos anjos subirem aos céus: anjos azuis, verdes e vermelhos: vimos suas mãos enormes pairando sobre os prédios. Sentei-me na rua: já não podia fazer nada: só podia pensar sobre mim mesma.

Vi Peter tirar lentamente a roupa e dançar nua pela rua na noite fria. No início bem devagar, depois girando cada vez mais rápido, os braços dobrados até as pontas dos dedos se tocarem. Vejo uma biblioteca sem livros e entro. Uma sucessão de grandes salas vazias conectadas por corredores, e escadas centrais e laterais que vão de corredor em corredor. A Escola de Dança de Viola Woolf. Dez ou quinze garotas com coquetéis e vestidos formais me cercam. Uma delas usa um vestido longo de *chiffon* branco com uma fita vermelha em torno da cintura. Estamos no andar de baixo. Começo a subir a escada central em direção ao salão de dança. À minha frente está o homem mau. Começo a persegui-lo, até capturá-lo! Corremos pela escada central, cada uma se dividindo em duas escadas laterais no andar seguinte, subimos uma escada à minha esquerda. Passando por uma sucessão de salas vazias e desconhecidas, cada vez mais assustada, subo a terceira escada central, vejo o assassino encostado no corrimão. Cercado por meus amigos, ele pula para alcançar a escada mais baixa e fugir; erra a escada cai pela abertura estreita entre a escada central e a lateral, pela abertura seguinte, pela abertura seguinte: ao cair, sua mão esquerda agarra a mão de uma das moças: quando ela cai, sua mão agarra a mão de outra pessoa etc. Vejo os corpos dos meus amigos se estatelando, se quebrando nas escadas de metal, eu vejo meus amigos morrerem. Percebo que eles querem morrer. Corro para detê-los: eu os convenço a parar. O resto das pessoas, cerca de um terço delas, se agarra ao corrimão o mais forte que podem.

Vejo os meus conhecidos tirando a roupa, arremessando descontroladamente os próprios membros por todo lado, até adquirirem uma certa percepção de seus corpos; transcendendo todas as barreiras possíveis, logo todas as barreiras. Na merda de cachorro e no lixo das ruas de Paris.

Vejo nas ruas meninos e meninas de dez e onze anos bebendo uma sucessão de garrafas de vinho, por não terem nada melhor a fazer. Na lavanderia, uma menina conta a um menino que o namorado está batendo nela. O menino: "Quer se casar comigo? Nunca fui casado". A menina: "Não sei. Tenho que ir para algum lugar". O menino: "Por que não se casa comigo?". A menina assente; eles compartilham pílulas. O menino coloca a cabeça no colo da menina: acaba com a garrafa de Ripple. Quase desmaia. Entra um espanhol de quarenta anos: chama o menino e a menina para irem com ele. Eles vão. Eu vejo assassinos ao meu redor o tempo todo, uma luz branca-amarelada aparecendo bem devagar, subindo como poeira das ruas à noite, vejo êxtase em todos os lugares e quero ficar totalmente insana

Peter ainda está dançando. Tenho medo de que um policial nos veja e nos prenda. Mal consigo ver o que quer que seja. Tenho que proteger Peter porque sou o mais forte: o homem.

"Venha, querida", sussurro para Peter. "Vamos ficar mais quentinhas na minha casa: é mais luxuosa. Nós"

De repente, estou em meus aposentos. Peter está recostada em meu braço, graciosa e elegantemente.

Vejo um riacho, uma forte corrente, que me ergue sobre uma colina, depois rio abaixo. Ando por um corredor: à direita e à esquerda vejo salas perfeitas: à direita, uma sala marrom-avermelhada, uma mesa escura com objetos minúsculos, uma sala ao estilo de *Alice no País das Maravilhas*. Novamente à direita, meu quarto de bebê: um quarto azul-claro com pouquíssimos objetos. À esquerda, uma sala mágica azul-escura e marrom com mais móveis. Quero examinar cada uma dessas salas por um longo tempo, mas não posso. Tenho que chegar à sala final o mais rápido possível. Por ora, estou adiantada. Ando rápido pelo bosque, pela relva de veludo vermelho, pelo corredor. Finalmente chego à última sala, um amplo corredor vazio e depois uma parede que parece feita de metal amarelo. Mais acima viro à esquerda num grande ginásio, depois em outra sala, descendo em espiral cerca de quatro salas até chegar a uma lavanderia, vermelho-escura marrom e preta, na altura do primeiro corredor. Volto para o corredor: nenhum outro lugar para onde ir. Acho que me perdi porque não examinei as salas mágicas com cuidado, então não aprendi tudo. Fui rápida demais. Agora os outros me alcançaram. Tenho que voltar e examinar cada sala com todo o cuidado. Não me importo mais se não ganhar: estou interessada nas salas mágicas. Estou jogando um jogo, um tabuleiro enorme na maior mesa imaginável, que reflete a jornada que acabo de fazer. Meu pai e uma outra pessoa jogam contra mim. Começamos em pontos diferentes, percorremos o tabuleiro com objetivos diferentes. O riacho ou corrente que me ergueu no início é agora o futebol. O futebol é o primeiro objetivo. Estou quase lá; meu pai está um pouco à minha frente. Meus homens negros se transformam em grandes uvas roxas que colho (para conseguir mais homens) do centro do tabuleiro. O sol exibe um brilho extremo, quase cegante.

Há três tipos de mudança. Comecemos com o presente (um intervalo de tempo presente). Digamos que Peter e eu somos os indivíduos que ocorrem nesse presente: (1) Peter me precede; ou eu precedo Peter. (2) Peter e eu o ocupamos juntos; e Peter desaparece, eu permaneço. (3) Apenas Peter: Peter se move, muda de cor etc. Ou apenas eu: eu me movo, mudo de cor etc. Uma duração no presente não significa mudança, em teoria. Consideremos (2). Em (2), nossas durações se sobrepõem, a minha e a de Peter: a sobreposição é a essência da duração. Porque a duração deve ser mais complicada que (1), que pode ser apresentado por uma série de pontos numa linha do tempo. (3) é continuidade: (2) e (3) são os ingredientes da duração (ou do presente). Aplique essa noção de duração a outro indivíduo: a de identidade. Minha identidade em qualquer tempo depende da (minha) falta de estabilidade.

A HISTÓRIA DE PETER

Nasci mau e me tornei cada vez pior por acaso. O acaso é o destino. É impossível para um homem saber como viver. Nesta cidade que se baseia na luxúria do dinheiro, na hipersexualidade, na pobreza, no falso antropomorfismo, no sofrimento, não posso fazer outra coisa senão agir como parte da cidade: ser mau por amor.

Primeiro eu me lembro do meu passado. Todo o nosso pensamento (ação) é baseado na lembrança. Não me lembro de nada antes de estar na escola. Tenho seis anos. Meus pais são fracos: fracos demais para refrear meus desejos orgulhosos, minhas paixões incontroláveis. Eu tenho que foder.

Moro numa casa velha e vagabunda: metade da parte inferior serviu como prédio escolar. Árvores meio mortas balançavam sobre o beiral apodrecido da casa. À noite, posso ouvi-las arranhando e batendo nas janelas de vidro fino. Para mim, a casa é uma casa num sonho. Nesse momento, qualquer lugar em que eu esteja na casa é todo o universo. A sala em que estou é grande e branca: linhas finas de madeira marrom ao redor das janelas num lado. Um estrado elevado de madeira sobre o qual se encontra um pódio de cor similar. Cadeiras de madeira de tipo antiquado sobre escrivaninhas no andar de baixo. A sala está vazia. Eu ando por ela, ouço meus passos. Prefiro ficar sozinho, sem me preocupar em ter que fazer amigos. Meus colegas de escola me respeitam, até mesmo me adoram, e ficam longe de mim. Quando estou sozinho, vivo numa fantasia em que cada sensação, não importa se agradável ou desagradável, cada pensamento é moldado na escuridão. Torno-me cada vez mais consciente de tudo. Nesse estado, não suporto a presença de meus colegas de escola. As crianças são monstros, prefiro ficar sozinho. As mulheres que as têm são estúpidas. Lembro-me do pátio da escola, do pátio ao redor da casa, como se fosse ontem. É outono: a grama amarela e marrom. Úmida desde o início das chuvas. Ao meu redor meus colegas gritam. Arremessam uma bola branca. Mas parecem distantes: separados de mim por um muro intransponível. Eu me sinto estranho, e até então inseguro. Como se estivesse fisicamente desconfortável. Vivo de emoção em emoção: minhas emoções são mais vívidas e importantes para mim do que qualquer percepção, qualquer evento. Por meio das emoções, lembro que as emoções são cores: marrom-alaranjado embotado, amarelo embotado, cinza. Em retângulos diagonais. Lembro que tudo é triste. Por fim começo a me lembrar dos acontecimentos.

Me lembro do mesmo pátio da escola, agora no início do inverno: do frio úmido contra a pele do meu rosto em chamas, meu rosto vermelho-acinzentado queimando. Do gelo que é quase chuva sob meus pés. Não há ninguém ao meu redor. À minha esquerda, num dos eternos recantos dos ninhos recônditos das sombras nas paredes da escola, há duas sombras cinza-escuras. Sombras de pessoas, eu acho. Os flocos de água me atingem com mais força, queimando; fico estranhamente feliz. Por qual motivo, não sei dizer. Vejo tudo com clareza. Os galhos sem folhas e curvados balançando acima de mim. Não estou pensando na aula, nos professores, no trabalho que ainda não fiz. O topo da minha cabeça, onde meu cabelo é escasso, parece úmido e frio.

Começo a distinguir as histórias. Os professores que andam pelos estreitos corredores de madeira à noite são *ghouls*[4] comedores de meninos. Os corredores são enormes oceanos em cujas profundezas flutuam marinheiros mutilados. Estou sozinho num navio de madeira, seguro. Estou sendo perseguido por um professor maluco, de cabelos grisalhos esvoaçantes, pelo menos dois metros de altura, ele bate na minha cabeça com um pesado livro de couro

---

4 Na mitologia árabe pré-islâmica, criaturas demoníacas associadas a cemitérios e ao consumo de carne humana. [N. T.]

preto cada vez que se aproxima de mim. Numa das mãos, tem uma corrente. Então vejo histórias que acredito serem verdadeiras: estou no pátio da escola; um menino grande com cabelo loiro e curto vem até mim. Muito perto de mim. Coloca as mãos nos meus ombros, na minha camisa branca. Me sacode. Com força. "Você é gordo. Esquisito." Quero dizer a ele que o odeio. "Você parece um porquinho-da-índia." Não me lembro das histórias. Me lembro de eventos simples, depois imagino (dou significado aos eventos) ou me lembro de minhas histórias imaginadas.

Lembro-me apenas de um amigo. Ele era mau como eu. Mau significa aberração. Há aqueles que são aberrações e aqueles que não são. Aberrações sabem que são aberrações. Ele tinha cabelos loiros finos que esvoaçavam ao redor da cabeça como uma auréola. Estatura mediana. Gordo. Olhos azuis que mudavam de cor como as asas dos anjos. Seu nome, como o meu, é Peter Gordon.

Assim como a minha, a família dele é ligeiramente rica, não muito. O pai é um homem fraco e vacilante que bate na mulher sempre que pode. Sobre a mãe, sei pouco. Provavelmente teve vários amantes, era alta e magra como um homem. Ele chegou na escola no mesmo dia que eu. Segundo os rumores que corriam entre os meninos mais velhos, éramos parentes. No entanto, sou filho único. Assim como minha mãe e meu pai. Ao contrário de mim, ele é quieto e contido. Ao contrário de mim, nunca se faz de bobo. Ao contrário de mim, ele sussurra.

Certa vez, tarde da noite, resolvi visitar Peter. Não conseguia dormir. Os ventos batiam com mais ferocidade do que o normal contra os vidros finos da janela: pensei que braços estavam prestes a me alcançar e cortar lentamente minha pele em pedacinhos. Os braços eram enormes caranguejos. O sangue amarelo corria por todo o meu corpo. Cobri a lanterna com um cobertor para apagar sua luz. Descalço, com uma camisola branca e comprida, comecei a andar pelos corredores. Vi isso num sonho. Comecei a gritar e gritar. Caminhava ainda mais lentamente por aqueles corredores sem fim, entre os corredores havia três ou quatro degraus que levavam para cima ou para baixo, corredor após corredor, por isso eu raramente sabia onde estava. O tapete gasto abafava meus passos. Cantos repentinos. Rajadas de vento. Tirei lentamente a camisola, deixando nu o corpo gordo. Tinha a pele um pouco úmida e fria. Cheguei ao quarto de Peter. Peguei a lanterna, enrolei o cobertor em volta dela mais uma vez e deixei-a do lado de fora. Entrei silenciosamente. Ouço a respiração dele: pesada, quase nasal, regular. Já que ele está dormindo, vou lá fora pegar a lanterna. Me aproximo da cama de novo. Abro o dossel devagar; deixo que raios brilhantes caiam vividamente no corpo de Peter. Como num espelho que muda tudo da direita para a esquerda. Meu desejo repetido num espelho que muda tudo da direita para a esquerda. Esta era a cara gorda de porquinho-da-índia de Peter? De fato, eu vi que era dele, mas tremi, febril, fingindo que não. O que havia nele para me confundir dessa maneira? Fiquei olhando, enquanto meu cérebro vacilava numa turba de pensamentos incoerentes. Ele não aparecia dessa maneira na vivacidade de suas horas de vigília! O mesmo nome! A mesma silhueta! O mesmo dia de chegada na escola! Fiquei de joelhos, coloquei meus lábios nos lábios dele. Seu rosto se moveu ligeiramente para a esquerda. Enterrei a cabeça no canto de seu ombro direito, entre o pescoço e a parte superior do braço. Minha pele estava quente; a umidade havia desaparecido. Fiquei quieto, imóvel, em cima dele, sentindo seus braços envolverem minhas costas e minha cabeça, prendendo-me a ele. Meu corpo, meu estômago, que é o centro do meu corpo, ficaram quentes, distantes. Eu podia sentir meu pau começando a subir. Ele murmurou alguma coisa, se moveu embaixo de mim, seu pau começou a subir.

Abandonei a escola. Começo a viver sem amigos de verdade. Meus amigos não são amigos, mas pessoas às quais me apego. Roubamos juntos e bebemos juntos. Agora os acontecimentos ficam mais claros: me lembro deles com mais clareza. Me lembro dos acontecimentos com mais clareza porque me lembro dos meus pais com mais clareza. Meu pai é fraco porque quer ser fraco: casa-se com uma mulher que sabe que não o ama, mas também que ela não o deixará porque precisa desesperadamente de alguém que a ame. Trabalha nove horas por dia administrando uma fábrica.

A esposa é rica. Quando finalmente começa a atazaná-lo demais, ele começa a se queixar. A bater nela. Ela não gosta dele; precisa dele. Ele teve dois ataques cardíacos sérios, tem 52 anos. Quando estava no hospital, a mãe da minha mãe disse, do lado de fora do quarto: "Ele sempre foi um bom marido para você, Claire". Mãe: "Sim". Avó: "Ele nunca te deixou, sempre cuidou de você, ainda que você nunca o tenha amado". Mãe: "Sim". Meu pai ouve tudo isso. Nada muda.

O primeiro evento do qual me lembro é de odiá-lo por ser tão fraco e estúpido, e de odiar minha mãe por outras razões mais complicadas. Minha mãe me odeia; não presta atenção em mim. Grita comigo porque muitas vezes não digo que a amo. Eu a odeio porque ela me odeia, me confunde, é mesquinha, avarenta e assustada. É linda e inteligente: se fodeu.

Minha primeira relação de sentido (lembrando) com o mundo é de ódio. Posso começar a me lembrar de outros eventos. Antes de odiar meus pais: eu os odeio porque eles não agem como eu quero que ajam. Porque não os vejo (lembro de perceber) agindo da maneira como quero que ajam. Não quero que eles façam qualquer coisa para ganhar dinheiro, que sejam presunçosos etc. Minha primeira lembrança é meu desejo de não perceber os eventos como eles são.

Dou risada de qualquer um que me diga que, se eu tentar, posso controlar meu ciúme e minha luxúria. Minhas necessidades são violentas. Antes que eu fosse para a escola e aprendesse a ler, minha mãe me ensinou a jogar cartas. Todas as tardes eu jogava Canastra e *Spite and Malice*[5] com ela. Ela ganhava, ficava com minhas parcas economias. Dizia que o marido não lhe dava dinheiro suficiente. Se eu não jogasse com ela, não falava comigo; não para me punir, mas porque eu só existia quando jogava cartas. Ela tentou me ensinar. No entanto, não gosto que as pessoas cheguem muito perto de mim.

Ela se deitava nua na cama. Enormes mamilos marrons. A pele dos quadris tinha buraquinhos. Me mandava pegar um copo

---

5 Jogo de cartas semelhante ao Paciência, só que para dois ou mais jogadores. [N. T.]

de água gelada, o que eu fazia. Me mandava tirar a roupa, me deitar ao lado dela. Lamber a sola de seus pés, em seguida as peles entre os dedos dos pés e então seus tornozelos finos. Nada mais. Ela me dizia que meu pai não conseguia foder porque trabalhava demais e todas as noites adormecia assim que chegava em casa. Comia cebola crua com as refeições. (Vi isso.) Era estúpido e idiota demais para ver filmes.

Ela falava ao telefone com os amigos por horas. Quando eu estava na sala, falava de mim como se eu não estivesse lá. Sempre tive medo de que ela falasse de mim pelas minhas costas. À noite, eu me arrastava pela parede verde-escura, agora preta, até o canto onde ficava o quarto deles. Bem suavemente: eles não poderiam me ouvir se ainda estivessem acordados. E então eu escutava atrás da porta. Às vezes eles estavam acordados conversando. Eu mal podia discernir o que diziam. Uma vez, ouvi meu pai dizer que eu era muito orgulhoso, cabeça-dura e egoísta.

Ela dizia ao meu pai que todo o dinheiro era dela. Que o apoiava. Ele se queixava. À noite, ela se deitava na cama dela, ele roncava na cama dele. (As camas ficavam uma ao lado da outra.) Ela me dizia que ele era estúpido, dormia o tempo todo. Nunca a fodia. Em outra ocasião ela perguntou por que o pau dele não levantava. Ele ronca. Me sento no chão, ao pé das camas. Quando eles adormecem, saio do quarto.

Após um lapso de vários meses, eu estava em Eton, num pequeno colégio para homens em Waltham, Massachusetts. Não queria me relacionar muito com as pessoas, mas me senti atraído por elas, queria me ajustar a seus modos. Queria ser exatamente como meus colegas ricos e despreocupados. Comecei a beber. Quando eu era menor de idade, um amigo se esgueirava até meu quarto com algumas garrafas de vinho seco tinto e branco. No começo, todas as noites, eu bebia apenas algumas taças para diminuir a violência de meus pensamentos e me ajudar a dormir. Bebia sozinho e em segredo.

Pouco a pouco, comecei a distinguir entre os rostos à minha volta. Saía com alguns dos meus amigos para roubar. Sabíamos exatamente quais lojas em Boston vigiavam os clientes com câmeras escondidas, quais donos de lojas processavam ladrões capturados, quais fingiam ser "descolados", "sem fins lucrativos", "cultos" etc., mas roubavam seus clientes. Um dos meus amigos, um menino lindo chamado Phil Harmonic, tinha a sorte de parecer uma bela mulher. Seus cabelos finos e castanhos destacavam-se do rosto como uma auréola. Suas bochechas se projetavam como lanças imponentes. Quando saía para roubar, sempre usava suas melhores roupas. Um dia, entrou na Abraham & Strauss, uma das melhores lojas de departamento de Boston, usando um casaco de lã bem cortado. Tirou o casaco, vestiu um casaco de pele feito para emoldurar seu corpo e saiu.

Descobri que roubar era um vício. Fui ficando cada vez mais excitado; passei a roubar cada vez mais, não conseguia me conter. Roubava todos os dias. Comecei a beber cada vez mais. Descobri que Phil também bebia, e minha bebedeira tornou-se social. Afinal, eu era um rapaz rico numa escola rica: estava aprendendo a fazer parte da sociedade ociosa. Bebia, como antes, para me acalmar. Para esperar o sono. Mas logo percebi que a bebida não me acalmava mais e me lançava num estupor, se não profundo, prolongado. Quando bêbado, parecia ficar mais excitado do que nunca. Passei a perceber as realidades, ou melhor, as emoções dessa realidade que ainda não era capaz de perceber. Emoções que eram agora tão penetrantes que eu quase não suportava existir.

Só posso descrever como cores o que agora percebia. O cinza que nunca mudava. Entrava em minha cabeça e queimava. Havia minúsculos pontos amarelos na superfície dos cinzas claros e escuros. Os cinzas eram os mais importantes: cinzas claros e escuros dominavam, espalhavam-se como pesticidas estadunidenses entre todos os seres vivos.

Descobri que quando sóbrio eu não podia mais ter a consciência que tinha quando bêbado. Eu precisava dessas consciências. Precisava saber que as paixões ainda existiam. Nem tudo era uma monotonia imutável, um horror, como era quando eu estava sóbrio.

Uma monotonia imutável na qual tudo o que eu talvez pudesse fazer era estúpido e desprezível. Eu finalmente soube, quando bêbado, que ciúme, medo, adoração, luxúria, assassinato ainda eram possíveis. Uma possibilidade de revolução. Eu ansiava cada vez mais pelo álcool.

Passei a ser duas pessoas. Agora, acho que a pior doença do nosso tempo é a esquizofrenia. Normalmente, normalmente!, eu era reservado. Mais do que ligeiramente tímido, e extremamente inteligente. Gostava sobretudo de escutar uma boa conversa e de foder. Nos meus momentos de folga, até compunha música. Quando bêbado, era o exato oposto: falava rápido e furiosamente. Só me importava com outras pessoas quando elas satisfaziam meus desejos imediatos. Paradoxalmente, fiquei com muito medo: muito consciente da violência e da minha incessante necessidade de foder. Comecei a me separar de mim mesmo: a observar a violência cada vez maior dos meus desejos.

Vou dar um exemplo. Já se passaram três anos desde que terminei a escola. Phil e eu, além de dois caras ricos como nós, nos deitamos esparramados um ao lado do outro. Estávamos bebendo há horas, jogando fora vinhos caros. Começamos a tentar esquecer o estupor em que havíamos caído (nossa consciência desse estupor) declarando de maneira ainda mais firme nossa preferência por nosso modo de vida: não repetindo nossos arrebatamentos bêbados de noites anteriores, mas aumentando nossas libertinagens. Qualquer que fosse a brincadeira (jogos de azar, profanação etc.) de que gostássemos, nos certificávamos de realizá-la. Sobretudo, não queríamos ficar parados. Quando eu estava prestes a brindar a esta vida, a única glória que o homem conhece, meu empregado abriu desajeitadamente a porta do quarto e me chamou com um gesto.

Eu o segui até o corredor. A sala estava quieta, quase sem vida, mas um pouco brilhante. O centro do cômodo girava lentamente na vertical. Um estranho se aproximou de mim: um homem com cerca de um metro e oitenta de altura, robusto, com cabelos loiros e ralos. Acho que era assim que ele era. Ele olhou para mim, sussurrou lentamente o nome: "Peter Gordon". Seu sussurro me fez lembrar, eu me lancei sobre ele, não pude me conter. Mas ele fugiu.

Cada vez mais, me voltei para o vício. O tinido das moedas, a fumaça pesada, o suor masculino e o vinho. Tornei-me um jogador compulsivo. Agora vivo duas vidas sinceras: por um lado, sou um jovem rico. A minha casa, à noite, está aberta a qualquer pessoa, isto é: a qualquer jovem que também seja rico. Sou hospitaleiro e generoso. Tenho alguns vícios – orgulho, desejo de supraexcitação, irritabilidade – sobre os quais não tenho controle. Mas num jovem rico, bem-nascido, amável, esses vícios são encantadores.

Por outro lado, sou o mais baixo dos baixos. Um jogador que se aproveitava da estupidez dos amigos. Um homem que vivia maltratando as pessoas mais próximas. Neguei todas as possibilidades de amor e amizade. Estava com medo e ansiava pelo perigo. Ninguém além de mim sabia dessas duas identidades.

Eu me sentava calmamente à mesa de jogo, bebendo um pouco, dando a impressão de beber muito mais. Na verdade, estava em frenesi. Totalmente embriagado. Pensava apenas no jogo: nos planos que vivia mudando, nas imagens de mim mesmo que estava sempre mudando para conseguir vencer. Não pensava na minha possível ruína. Eu era uma máquina de calcular, eu era a escória.

Não tinha sentimentos por meus colegas jogadores compulsivos: simplesmente determinei o grau de sua estupidez: a soma de suas riquezas e inabilidades (ou habilidades) para vencer no jogo. Um jovem chamado Glendinning era especialmente idiota. Quase não tinha cabelos e choramingava enquanto falava. Em tempos passados, havia sido um grande jogador de futebol. Com frequência, colocava a mão dentro das calças para se coçar. Eu podia ver a protuberância da mão sob o grosso tecido de lã cinza. Calculei que ele era rico.

Glendinning chegou naquela noite para jogar vestindo um casaco de brocado branco. O ambiente já estava escuro e enevoado. Meu anfitrião havia cuidadosamente providenciado velas.

Nós estávamos jogando havia várias horas. Glendinning era um tolo: julgava-se mais esperto do que eu. Eu sabia mais do que fazer julgamentos. Lembro que o topo da cabeça dele parecia cinza. Recordo os detalhes com clareza. Eu estava calmíssimo e num frenesi absoluto. O quarto parecia completamente vermelho. Tive uma fantasia estúpida sobre cachorros: um deles, um pequeno vira-lata marrom-claro, rasgava a boca de outro cachorro. O lado esquerdo da boca começava a sangrar. Os cães emitiam um rosnado baixo e constante, como fazem os gatos em suas brigas mais ferozes. Vi um boneco de vodu à distância. Comecei a ganhar. Eu tinha que ganhar: tinha que me tornar invulnerável. Fiz isso acontecer: todos os jogadores, exceto Glendinning, se retiraram. Ele dobrou a aposta. Eu recusei. Ele me forçou a aceitar a aposta. Eu me tornei um mentiroso. Seu rosto ficou cinza, branco, pálido. Vi gotas de suor rolarem por ele. Glendinning estava tremendo; implorava pela minha emoção sem se forçar a rastejar aos meus pés.

Ignoro seus apelos. Com uma voz exaltada, ele implora que o deixe redobrar a aposta. Ajo do modo mais gracioso e digno de que sou capaz. Estou em um frenesi absoluto; não sei de nada. Lamentavelmente, Glendinning anuncia que está arruinado.

Eu não entendo, não sinto nada. Mais uma vez, meu criado entra apressado na sala, seguido por outro homem. A sala está quieta, quase sem vida, mas um pouco brilhante. Não havia luzes. Não há causa e efeito (narrativa), exceto na linguagem. Sinto uma mão quente levantar minha mão direita. Uma voz, dois lábios roçam minha orelha direita, sussurrando aquele nome. Então, em voz alta, a voz diz a verdade a meus amigos: "Procurem nos bolsos e nos punhos do paletó de Peter Gordon e descobrirão seu verdadeiro caráter". Os lábios roçam minha orelha: nunca mais. Meu anfitrião me diz para deixar a sala, para deixar Waltham para sempre. "Você não é um cavalheiro: é a escória da terra".

Na primeira vez, repeti um evento (de escrita) que ao mesmo tempo o modificou ligeiramente. Repeti duas vezes esse evento modificado. Chamemos o primeiro evento de "a"; as repetições de "a" (que, como eu disse, são um pouco diferentes de "a", "b".)

Como esses eventos ocorrem no tempo? "a" ocorre entre zero e "b". "b" ocorre entre "a" e "b". "b" ocorre entre "b" e "b". "b" ocorre entre "b" e zero. Observo que cada evento ocorre entre dois eventos cuja conjunção é única.

Na segunda vez, repeti um evento uma vez. Não o modifiquei de forma alguma. Chamemos o evento de "a". "a" ocorreu entre zero e "a". "a" ocorreu entre "a" e zero.

Desta vez repetirei um evento três vezes. Desta vez, duas das disposições do tempo do evento serão as mesmas: chamemos o evento de "a". "a" ocorre entre zero e "a". "a" ocorre entre "a" e "a". "a" ocorre entre "a" e "a". "a" ocorre entre "a" e zero.

Digamos que existam duas teorias do tempo. A teoria absolutista: o mundo está no tempo. O mundo e os eventos ocorrem nos momentos. Esses momentos podem ser traçados numa linha cronológica. A teoria relativista: o tempo está no mundo. O tempo são as relações temporais entre os eventos. Um evento pode ser anterior (posterior) ou simultâneo a outro evento. A primeira teoria sugere que os indivíduos (sujeitos) são a verdadeira substância. A segunda, que as características temporais são a verdadeira substância do mundo.

Anoto um certo número de palavras, volto a repetir essas palavras. A primeira unidade de palavras significa o mesmo que a unidade repetida? Isto é, ou os eventos no tempo (quanto ao tempo, ao espaço) são isolados ou mutuamente dependentes no que diz respeito ao significado e não à existência. (Por um momento, deixemos de lado o problema da disjunção entre significado e existência.) Se o(s) significado(s) dos eventos de escrita depende(m) ao menos parcialmente das relações temporais dos eventos de escrita, a teoria relativista do tempo parece mais exata.

Intenção: escapar desse horror como o conheço e do qual sou feito. Como (sendo um modelo de um indivíduo qualquer) posso mudar? Digamos que a teoria relativista do tempo mapeie com precisão o tempo no mundo. "Eu mudo." O que quero dizer com "eu"?

Se sou um indivíduo e persisto por um período, sou uma substância. Se sou um indivíduo e não um momento, sou um indivíduo ordinário. Neste momento (t1) estou cutucando o nariz. Neste momento (t2) não estou cutucando o nariz. "Cutucar o nariz" é uma relação entre t1 e mim. "Não cutucar o nariz" é uma relação entre t2 e mim. Mas e se não houver momentos distintos? E se t1 não for distinto de t2? (Teoria relativista do tempo.) Sou um indivíduo que está e não está cutucando o nariz. Contradição. Não posso ser uma substância, um indivíduo que persiste no tempo.

Se não sou um indivíduo ou se não existem indivíduos, não existem relações temporais. (Num mundo sem indivíduos, qualquer caráter pode ilustrar qualquer outro caráter. Se existirem relações temporais, um caráter poderia ao mesmo tempo cutucar o nariz e não cutucar o nariz. Contradição.) Por "eu", quero dizer um número desconhecido de indivíduos. Cada indivíduo existe por uma duração presente e ilustra um ou mais caracteres. Esses caracteres existem fora do tempo. Exemplo: "Eu mudo". "Eu" ilustra "mudança"; "mudança" existe, é atemporal/eterna.

Isso não pode ser totalmente exato porque, quando eu me lembro, me lembro de uma consciência, não de um objeto. Eu não me lembro do meu hamster, me lembro de ver meu hamster. Ou: me lembro de ver meu hamster, me lembro do meu hamster diretamente à medida que me torno meu hamster, eu vou e volto. Se a qualquer momento me lembro (imagino, penso sobre etc.) de uma consciência, devo ser um contínuo. Mas quando me lembro de uma consciência, não repito essa consciência. Minha lembrança de ver meu hamster, estou ciente, difere de ver meu hamster. Ou: a "recorrência" não existe.

Há três tipos de mudança. Comecemos com o presente (um intervalo de tempo presente). Digamos que Peter e eu somos os indivíduos que ocorrem nesse presente: (1) Peter me precede; ou eu precedo Peter. (2) Peter e eu o ocupamos juntos; e Peter desaparece, eu permaneço. (3) Apenas Peter: Peter se move, muda de cor etc. Ou apenas eu: eu me movo, mudo de cor etc. Uma duração no presente não significa mudança, em teoria. Consideremos (2). Em (2), nossas durações se sobrepõem, a minha e a de Peter: a sobreposição é a essência da duração. Porque a duração deve ser mais complicada que (1), que pode ser apresentado por uma série de pontos numa linha do tempo. (3) é continuidade: (2) e (3) são os ingredientes da duração (ou do presente). Continuidade (identidade) e mudança são mutuamente dependentes.

Se por "substância" quero dizer um indivíduo que existe (continua) sem mudança e totalmente independente, não sou uma "substância". A mudança (relações temporais) é uma substância. Se não sou uma substância e ainda sou um sujeito, sou um indivíduo ou um número de indivíduos. Um indivíduo acontece apenas dentro de uma duração presente; um indivíduo não muda. Portanto, sou composta por um número desconhecido de tais indivíduos: o eu é uma relação (predicativa).

Era a noite do baile dado pelos sócios da Ópera. Toda Paris estará lá. Jovens que ainda pensam que as pessoas com quem fodem sentirão alguma afeição por eles. Artistas se perguntando como podem aplicar o próximo golpe na companhia telefônica, se ficarem conhecidos o suficiente podem vender tudo e ganhar o bastante para comer. Prostitutas sonhando em ser artistas. Pobres que não podem ter amantes, que anseiam por morrer. Que se lançariam a si mesmos e a todos os governos num arco-íris noturno e chamejante se achassem que suas mortes poderiam ajudar. Mas não, eles se sentam em suas camas, ou melhor, em seus colchões, em melhor situação que os miseráveis que trabalham. A noite cai agora, os pobres sabem, pelo bem deles: os cobradores estão silenciosos. A maioria dos funcionários do governo está de folga.

Enquanto caminhava pelas salas lotadas do baile, me lembrei que era pobre. Vim para Nova York para ser artista: pensei que tinha de vir a Nova York para ser artista. Era verão. O ar estava cada vez mais quente. As pessoas, enlouquecidas pelo calor, batem na cabeça umas das outras e mijam na cara umas das outras. Para relaxar: roubavam carros. Fiquei extremamente doente. Estava vivendo com um trambiqueiro numa *chaise longue* e num colchão de solteiro num grande quarto vazio. Estávamos deitados na "cama" por volta das duas da manhã. De repente, tive certeza de que estava morrendo. Algum órgão alguns centímetros acima do meu pau, cerca de cinco centímetros embaixo da pele do abdômen, explodiu. Começou a vazar dentro de mim por toda parte. Gritei pelos policiais. Estava com medo. Meu amante chamou a polícia e voltou para perto de mim. Disse que eu provavelmente não estava morrendo. Estava gritando de maneira saudável demais.

O hospital foi o pior inferno em que já estive. Era a clínica do hospital mais caro de Nova York. Vejo uma mulher pequenina, com trejeitos de rapaz, perambulando pelos ladrilhos amarelos com um enorme roupão azul e imundo. Ela resmunga e pede aos médicos que lhe deem seus remédios para não ficar louca. "Você está doente?" Estou quase em choque devido à dor. "Duas semanas atrás fui a um dentista que aceitava meu plano de saúde. Estava com dor de dente." "Ah, sim." "Ele arrancou um dente e depois foi procurar a raiz. Queria ver se ainda sabia como encontrar a raiz." "E encontrou?" "Logo depois ele colocou alguma porcaria na minha boca. Me mandou ir embora. Uma semana depois, como a dor na boca não passou, resolvi vir ao hospital". "Ah, sim." "Me disseram que o dentista escavou minha boca; deixou apodrecer. Agora tenho um buraco um pouco abaixo do lado direito do nariz, do tamanho de um punho. Era preciso operar." "Você está bem agora?" "É uma operação delicada por causa dos seios nasais. Eles vão ter que operar uma segunda vez." "Você vai processá-los?"

À minha frente, vejo um velhote sentado numa cadeira dobrável. Todos gritam de dor. Um médico ao lado de uma cortina imunda, balançando numa estrutura de madeira, diz: "Sr. Smith". O velhote meio que se sacode. "Sr. Smith." O velhote move os ombros para a frente. Afasta-os da cadeira. Cai para trás. A enfermeira dá um tapa nas costas do velhote. "Vamos, sr. Smith, temos muitas pessoas doentes aqui, o senhor não pode tomar o dia todo." Dá um tapa nele novamente e se afasta. Começo a alucinar. Meia hora depois, o policial se aproxima do velho. "Ouça. O senhor não pode ficar aqui." Leva-o para rua.

A médica entra: acho que é uma enfermeira. Ela me diz que é médica. Eu me deito, ela enfia uma coisa de prata no meu pau. Cada vez que gira o instrumento, dói mais. Começa a doer tanto que não consigo pensar em mais nada. Tudo se transforma numa dor absoluta. Estou gritando. Todos na sala de exames estão gritando. Digo à enfermeira para parar. Lenny me diz que eu sofreria mais se fosse ter um bebê. Finalmente, ela tira a coisa do meu pau: a dor começa a diminuir. Ela me diz para esperar. Mais tarde, outra mulher entra com uma agulha enorme. Ela tenta furar, não, empurrar a agulha na pele da minha bunda. Tira. Tenta novamente. Devo voltar para as cadeiras dobráveis, esperar meu remédio. Enquanto a médica mantém a coisa de alumínio no meu pau por um tempo, começo a alucinar. Paro de sentir muita dor.

Eu não me sinto tão mal. Me lembro de ver um homem aspirar o chão. Vejo que os pisos são amarelos. Não me lembro.

O próximo evento de que me lembro: vou ao guichê pegar meu remédio. Frascos de nembutal e darvon (do tipo com codeína sintética), posso renovar três vezes. Volte na segunda-feira para completar o tratamento. Não há sinais de gonorreia. Desculpe, não tenho nenhum dinheiro.

Começo a trabalhar num show de sexo para abolir toda a pobreza e mudar o mundo. Me lembro claramente: tomava pílulas para a dor, vestia roupas ruins porque ficavam logo estragadas, não tínhamos camarim no show de sexo, apenas uma sala onde ficava o projetor de filmes sujos, uma sala quente, mas pelo menos ninguém mijava nela, mijavam em todos os outros lugares naquela espelunca, no piso de ladrilhos preto e branco completamente imundo. Um banheiro privativo (para os funcionários) no andar de baixo, onde ficavam os *peepshows*, pois os clientes sempre mijavam no chão do banheiro. Cheguei a gostar de um cara velho, tão velho que mal conseguia andar e queria realmente ter uma ereção. Durante um show, estávamos fazendo um número de rotina (acho que eu estava trabalhando com Lenny) e eu disse que não podia tirar a roupa, Lenny estava tentando me seduzir, porque um policial naquele prédio (eu apontava para o público) estava nos observando. Lenny e eu fazíamos isso quando víamos policiais na plateia, era uma época em que todo mundo tinha medo de ser preso, eu não tinha certeza se tiraria a cueca porque não queria ir em cana. Também queríamos provocar os policiais. Lenny tentava me fazer tirar as calças. O velho começava a gritar "Você pode tirar as calças", ele assume as falas de Lenny: em seguida, começa a dar nome de vegetais ao meu pau. Eu estava procurando desesperadamente pela bela esposa do Duque di Mentoni. Ela era o deleite de Paris: uma jovem esposa fiel e angelical. Tinha cabelos loiros leves e finos como os de um periquito; para mim, seus olhos azuis eram mais brilhantes do que safiras. À noite, perambulo pelos becos da cidade, pensando apenas na minha luxúria. Implorando para alguém, cachorro homem mulher, me ajudar. Na noite anterior ela me comunicou o segredo de sua fantasia, todas as mulheres são muito inescrupulosas e tolas, corro por entre as multidões bêbadas, de repente vejo a fantasia. Conforme me esforço mais, as multidões ficam cada vez mais densas. Mal consigo me mexer. Quando estou prestes a tocar seu belo ombro, branco como a neve, a beijá-lo, sinto uma mão acariciar de leve meu ombro, aquele sempre lembrado sussurro do meu nome em meu ouvido.

Rodopio bêbado, irritado, completamente fora de controle. Vejo uma figura toda vestida de couro preto: calças largas e vistosas cobertas por uma capa enorme e impetuosa. Estou vestido da mesma maneira. Máscaras pretas de couro cobrem inteiramente nossos rostos.

"Canalha criminoso", sussurro. "Você não tem o direito de me dizer o que fazer. Não me perseguirá até a morte. Venha atrás de mim, ou vou esfaqueá-lo."

Eu o arrastei para a sala vizinha, vazia, joguei-o contra a parede. Ao meu comando, ele se encolheu. A competição foi breve. Eu estava frenético, com todo tipo de excitação selvagem, e sentia no braço a energia e o poder de uma multidão. Empurrei-o com vigor contra os lambris, e, assim, deixando-o à minha mercê, cravei várias vezes minha espada em seu peito, com uma ferocidade brutal.

Quando voltei para onde ele estava deitado, pensei que estava alucinando. Vi um grande espelho onde nada antes era perceptível; quando me aproximei do espelho, me vi avançando pálido e coberto de sangue.

Este não era eu: era Peter Gordon. Ao contrário de mim, ele não usava máscara nem disfarce. Pensei que ele era eu enquanto estava lá, o homem mais bonito que eu já tinha visto, a pele brilhando como a luz. "Você venceu, eu me rendo. No entanto, de agora em diante você também está morto – morto para o mundo como ele existe agora e como você o odeia. Em mim você existiu – e, em minha morte, que é a sua própria, veja por esta imagem quão completamente você assassinou a si mesmo."

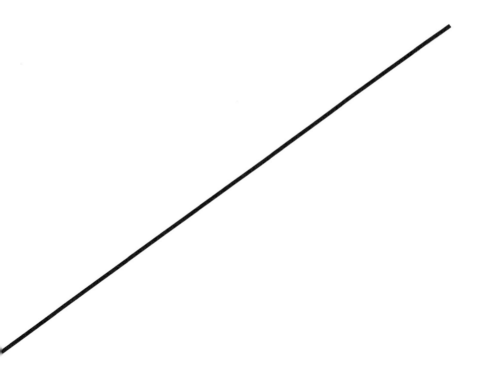

SÃO FRANCISCO E...

Eu disse ao cara com quem morava que não queria mais foder com ele. Ele disse que era foder ou cair fora. Em seguida, começou a me bater. Tive que sair rápido. Ou eu conseguia um novo apartamento em Nova York ou iria para a Califórnia, o único outro lugar onde tinha amigos. De qualquer maneira, precisaria de muito dinheiro. Eu estava quebrada.

Eu era uma boa vendedora, trabalhava na livraria Barnes & Noble de oito a nove horas por dia atendendo clientes ao telefone. Oitenta dólares por semana para levar para casa. Eu era uma boa menina ganhando um bom dinheiro. Dinheiro bom não existe. Eu precisava de muito dinheiro. Ficava pensando que poderia vender meu corpo, um recurso disponível à maioria das mulheres jovens. Não seria muito dinheiro, mas pelo menos mais de oitenta dólares por semana, e por menos de oito horas por dia. Todos os meus amigos eram respeitáveis (isto é, tinham o mínimo de dinheiro): eu não poderia perguntar porra nenhuma a eles. Então abri as últimas páginas do *Village Voice*.[6] Em menos de três horas me tornei stripper. Uma stripper é uma artista que faz striptease, algo a meio caminho na hierarquia entre uma garota de programa de alta classe e uma prostituta de rua.

Eu esperava na esquina da rua 178 com a Broadway, perto da ponte George Washington. Era uma noite fria e com muito

---

6 Jornal independente de Nova York, fundado em 1955 por Dan Wolf, Edwin Fancher e Norman Mailer. [N. T.]

vento. Um carro grande, um Chevy ou Impala, parou; uma mão branca me fez sinal para entrar. Eu não sabia se iria ganhar dinheiro ou ser estuprada. Não tive escolha. Um cara saiu do carro: um vigarista barato da Broadway. "Vamos, entre. Temos horário marcado. Você tem uma roupa?", ele murmurou. Nossa, eu estava com medo.

O dono do bar me deu cinco moedas e me disse para colocá-las na jukebox. Dance até dez músicas, descanse a mesma quantidade de tempo. Fiz o que ele me disse. Quando saí da pista de dança, não sabia o que fazer, não conseguia ver nenhum lugar para onde fugir. Fui me sentar a uma mesa vazia. Era um bar podre: só homens, nenhuma mulher. Os homens eram uns nojentos da classe trabalhadora. Um deles veio até minha mesa e começou a falar comigo. Eu o mandei ir embora. O barman veio me dizer que o meu trabalho era falar com os homens para que eles me pagassem bebidas. Acrescentou que eu estava com um aspecto horrível. Fui até o bar e me sentei entre dois homens de aparência suportável. No fim das contas, eram mais jovens do que eu. Eles disseram que eu era legal, exceto pelo meu corte de cabelo, que me fazia parecer uma negra. Eu tinha cabelos curtos encaracolados por toda a cabeça. O barman disse que ia ligar para o meu agente para vir me buscar porque eu era nojenta. Os homens disseram que ele não devia fazer isso, porque gostavam de mim. Meu agente me disse que eu precisava de uma fantasia, então ficaria tudo bem. Nossa, eu estava chorando.

Era um conjunto habitacional decadente do Bronx, um arranha-céu feito de um plástico especial de Nova York. Achei que um dos garotos ia jogar uma bomba, e então eu veria um grande buraco. Meu agente tocou a campainha várias vezes. Uma mulher com a cabeça parcialmente careca e cabelos parcialmente grisalhos se move rápido por todo o lugar com a camisola suja sobre o corpo e nos manda entrar. Meu agente deve ficar do lado de fora: ela não gosta de homens. Meu agente quer entrar, então ele entra. Ela me diz para tirar toda a roupa, exceto as meias 7/8. As meias 7/8 fazem qualquer garota se sentir mais confiante. Eu tenho um corpo desejável, ela toca meus peitos; se eu fizer um esforço, irei longe. Eu me sinto ótima. Digo a ela que gosto mais de prata. Ela tem centenas de fantasias: dois bojos de sutiã unidos por um elástico quase invisível, uma calcinha fio-dental (ou quase), ou seja: um triângulo de tecido cobrindo a boceta (o rego do cu) preso por um elástico um pouco mais grosso: tudo isso coberto por suntuosas e elaboradas camadas de contas de prata e discos de metal prateado. Estas são as fantasias mais simples: cada uma custa oitenta dólares.

É uma história estranha.

Jean Galmot, ex-prefeito de São Francisco, depois de ter sido garimpeiro, caçador, contrabandista de rum e de pau-rosa, além de jornalista, antes de dar seu último suspiro, acusou diretamente seus inimigos políticos e pessoais de o terem envenenado por meio de sua empregada Tommie.

Três médicos especialistas foram chamados pela polícia: os médicos Fear, Gold e a professora Tyranny.[1]

O sr. Povera, diretor do Laboratório de Toxicologia, foi encarregado de uma contraprova.

E então parece que o coração de Jean Galmot não está mais lá!

Provavelmente ainda está em São Francisco.

"Deixo meu coração em São Francisco", declarou Jean Galmot a seus eleitores numa de suas inflamadas proclamações, cujo segredo ele dominava e que o tornaram tão popular em toda a região da Colônia Penal e de El Dorado.

Os amigos fiéis de Galmot, desejando seguir seu amado, teriam comido secretamente seu coração?

Ou a polícia capitalista corrupta e repugnante o teria colocado no fundo de alguma gaveta ou dossiê?

O coração, registre-se, mais do que qualquer outro órgão do corpo, traz as marcas, os sinais de envenenamento.

Devemos encontrar o coração! Mas podemos encontrar nosso coração? E em que estado?

É difícil acreditar que os policiais (isto é, a Justiça) sejam tão estúpidos em São Francisco a ponto de perder os corações dos mortos...

---

[1] Respectivamente: Medo, Ouro e Tirania. (N. T.)

Talvez a Justiça quisesse perder o coração de Galmot...
Talvez quisessem encobrir, como no caso Kennedy, o suposto envenenamento...

Trinta e cinco documentos importantes (que supostamente condenariam os envenenadores e "acabariam com tudo") já foram perdidos. Enquanto as testemunhas, todos os hippies e negros que os policiais puderam encontrar na cena do crime, estão presos, os envenenadores andam soltos, como o assassino do Zodíaco, pelas ruas de São Francisco.

Um jornal traz a seguinte manchete:
HOMEM QUE PERDEU O CORAÇÃO
e o subtítulo,
JUSTIÇA PERDEU O CORAÇÃO DE GALMOT
EMPREGADA RECOMPENSA QUEM O ENCONTRAR
Eu, por exemplo, estou impressionada...
O jornal foi feito, ao que parece, para falar. Eles falarão o suficiente?

Peguei minha fantasia e pensei que precisava de mais dinheiro. Sete dólares por hora eram uma merda. Eu estava aprendendo rápido. Nova York exige que uma garota aprenda a pensar rápido. Eu estava apaixonada por um cara: ele não estava apaixonado por mim. Por que eu me preocupava com o que fazia? Comecei a trabalhar em clubes mais barras-pesadas, aqueles mais caros, longe de Nova Jersey e mais perto de Nova York, onde não havia nenhum homem branco da classe trabalhadora, mas a Máfia, que recebia seu dinheiro dos homens brancos da classe trabalhadora e o oferecia às dançarinas, naqueles em que eu ganhava honestos dez dólares por hora. Não que eu pudesse ser honesta. Vejam bem: uma garota pode ter uma boa vida sem precisar fazer truques. Pode tirar o sutiã de pérola prateado, ter lábios grossos e carnudos, ir devagar, se divertir balançando as tetas lentamente na cara de um cliente. Pode abaixar a calcinha de renda preta, oh, tão sedutora, até a beirada dos pelos da boceta, para revelar os delicados e insolentes labiozinhos. Pode deslizar ainda mais devagar a mão direita pela pele úmida e quente, sob o elástico apertado da calça, sob a renda transparente, para que todos possam ver o que essa puta gostosa está fazendo, oh, meu deus, com seus lábios grossos e viscosos. Ela não pode se conter! Lá, em público, cada vez mais quente, o dedo na torta de boceta dando voltas e voltas, enquanto outro dedo desliza a calcinha preta para baixo, ela respira cada vez mais forte... Ela pode empurrar aquela boceta quente e encharcada na cara de um cliente e ser muito bem recompensada. Ela pode, completamente vestida, escolher um homem mais velho, que fará qualquer coisa por ela, é claro, porque ela é tão encantadora, tirar a roupa dele e enfiar um vibrador em seu cu. Ela pode chupar outra dançarina. O lesbianismo é tão maravilhoso. Ela pode foder ou chupar todos os caras do lugar, nunca há mulheres, em cima da mesa verde de sinuca. Tudo isso, vejam bem, por dinheiro. Uma garota legal nunca faz nada de graça. No começo eu era muito tímida. Tinha muito medo dos homens, embora eles quisessem me estuprar. Logo superei esses medos anormais. Eu sabia que o homem que amava, o homem de cabelos longos e castanhos e bunda perfeita, sempre cuidaria e protegeria sua amada. Os caras tinham mais ou menos a minha idade, caras grandes, fortes e durões. Musculosos. Bons estadunidenses que trabalhavam duro e com competência para sobreviver. Eu estava sentada no bar entre dois desses garanhões. Um deles me pediu para tocar seu pau. "Chega de besteira." "Bem, toque minha coxa." "Ah, sim." "Você quer foder com cada um desses caras na sala dos fundos? Oito dólares por cabeça? Isso vai dar...", ele calcula, "quase duzentos dólares. Muito dinheiro para uma garota." "De jeito nenhum." "Eu lhe dou uma moeda se você tocar meu joelho." Sento-me ao lado dele porque parece o mais gentil. "Vou tocar o seu joelho se depois disso você calar a boca." "Farei qualquer coisa que você disser." Toco o joelho dele com um dedo: ele agarra meus peitos. "Tire as mãos de mim, nojento." Recomeçamos. Agora há oito deles ao meu redor. Uma orgia. Eu me levanto para dançar. Um cara ruivo diz que vai me estuprar. Reclamo com o barman porque sou muito tímida. Não quero perder a virgindade. O barman me diz que o cara é filho dele. Me diz que eu sou fofa e que ele mesmo vai me estuprar. O que uma pobre garota pode fazer?

Conheci Jean Galmot em 1964.

Quem é Jean Galmot?

Foi durante os anos 1960: aqueles terríveis anos de sucesso econômico estadunidense. Kennedy e tudo mais. A verdadeira guerra continuava, não a chamada guerra fria em que cresci, mas a guerra dos ricos contra os pobres. Os ricos para ficarem mais ricos; os pobres para tentarem compreender o que os ricos estavam fazendo. Quem fala da classe média? Eles existem? Chamo esses anos de BOÊMIA DAS FINANÇAS (é assim que chamo o mundo da arte hoje). Não estou falando de bordéis, idiotas, mas do verdadeiro mal: a combinação secreta entre Rockefeller e o Pentágono que ao mesmo tempo que trouxe a popularidade provocou a tomada do Chile e o massacre do povo chileno, o maior contrabando de drogas de heroína envenenada da história, a falsa escassez de necessidades para aumentar preços, a própria Argentina, a Standard Oil Company (Standard, Mobil, Amoco, Arco, Esso, Enco, Amerikan, Chevron, Citgo, Exxon, Humble, Sinclair, Marathon...), o café, a IBM, CBS, Borden, Anaconda, Metropolitan Life, Allied Chemical, Kimberly-Clark, ATT, Chemical Bank, American Express, Eastern, The Equitable, CPC International, Con Edison, Bank of New York, Consolidated Natural Gas, The Chase Manhattan Bank, Seamen's Bank etc.

Jean Galmot foi outro Rockefeller?

Ele era um cara bom?

Em 1964, havia rumores de que Jean Galmot tinha bilhões de dólares. Dezenas de centenas? Não sei de nada. Mas ele tinha coca! O suficiente para encher o lago Michigan ou o rio Mississippi! Tinha ouro também: Pó! Pepitas! Barras! Todos os novos-ricos, judeus recém-convertidos em gentios, reis da pornografia, reis do exército nos Estados Unidos compram Rolls-Royce. Galmot deve ter tido milhares! Ele era um incendiário, um homem que destruiria prédios e pessoas pelo gosto da destruição, um heterossexual convicto!

Quem era realmente esse homem?

Um aventureiro, um político.

De onde ele veio?

São Francisco.

Ele tinha que sair: rápido. As nuvens repousavam escuras e sombrias sobre aquela cidade de delícias.

Porque esse jovem-delinquente-que-virou-político adorava artistas de todos os tipos, porque adorava foder com todos eles, podemos supor que ele era mau. Um pirata antigo. Que se autoproclamou Rei do Povo Negro. Depois assassinou a mãe e o pai. Ele sempre foi várias pessoas: um trabalhador esforçado, um amigo dedicado, um tirano cruel, um mentiroso deplorável, uma fera, um homem da cidade, um otário, um asceta, um niilista orgulhoso, um decadente da pior espécie, um drogado, um homem que veio de baixo e fodeu a amante em público, um ex-prisioneiro. E tinha rosas tatuadas no pau!

Eu trabalhava numa tabacaria. Duas portas de correr, lâmpadas elétricas, uma mesinha, um caderno, 21 linhas telefônicas eram todo o meu mundo. Eu nunca via o sol. Encarava as quatro paredes cinzentas e feias o dia inteiro. Se o aquecedor sibilava, eu sabia que era inverno. Se o ar-condicionado soprava no meu rosto manchado de lágrimas, sabia que era verão. Eu contava os minutos que passavam pelo número de clientes que entravam e saíam da loja.

Nove em cada dez clientes falavam comigo sobre Galmot! Galmot existiu. Artistas me questionaram. Jornalistas me questionaram. Diretores de teatro tentaram tirar dinheiro de mim. Empresários, políticos, homens ricos tentaram me pegar. Prender Galmot através de mim. Fazê-lo aparecer.

Eu queria me matar porque tinha escrito um livro ruim. Era a calada da noite. Os becos imundos estavam cheios de cadáveres. O estúdio de tatuagem na Mission tinha finalmente fechado as portas: as aberrações sabiam quando se retirar. Um vento ruim uivava pelas ruas vazias, um vento cinza e morto, um cheiro nocivo de doença...

Eu estava andando de um lado para o outro em um bar nojento na rua Folsom onde são realizados leilões de escravizados, tentando cafetinar meu amigo Harmonic. Sempre trabalho de graça. Um rapaz forte vestido de couro se aproximou de mim com um canivete. Eu queria saber o que ele queria. Ele não disse nada.

Continuei recuando. Era a única mulher naquela espelunca; estava disfarçada. Ele não disse nada. Continuei recuando. Ele me encurralou na salinha de madeira que fedia a mijo dos shows de sexo. Trancou a porta atrás de si. Achei melhor fazer o que ele queria: comecei tirando a roupa. Havia um mistério. Não adianta gritar num bar onde são realizados leilões de escravizados.

Ele começou a se mover mais devagar na minha direção, o canivete apontado para minha barriga, onde repousa meu espírito. Cada vez mais perto. Não era um simples estupro. Vejo uma janela com o canto do olho esquerdo. Passo por ela gritando, corro mais rápido em meio aos cacos de vidro irregulares, facas se erguem das ruas, enormes pedaços de ferro achatado, fujo da esquina da Folsom com a rua 11, passo pela rua 5 (a rua dos mendigos), pelo terminal de ônibus venenoso na Electrocution Bay Bridge, até a única pessoa que me ajudará a me vingar.

Ele veste apenas calças desbotadas e safiras. O cabelo castanho terroso se enrola perto do rego da bunda, perfeita. Ele tem uma ereção perpétua. Blue Cream.

Eu era sua prostituta e parceira. Dormia com homens, qualquer homem, contanto que tivessem dinheiro suficiente, depois tentava me esgueirar deles, se possível: enrolava, pulava pela janela, corria loucamente de volta para Blue. Procurávamos uma casa, qualquer casa vazia, onde pudéssemos foder e dormir por uma noite.

"Fui a última rejeitada da mais poderosa de todas as famílias: Acker: a última descendente autêntica do último rei húngaro. Em 18 de abril de 1947, meu pai foi encontrado assassinado em sua banheira. Minha mãe, antes do tempo, começou a ter convulsões. No meio de uma delas, acabou morrendo. Eu fui embora. Esse é o destino de todas as mulheres estúpidas o bastante para continuarem grávidas.

"Nasci três meses antes da hora. Para a felicidade do mundo, não morri." Cream e eu estamos na cama, fodendo.

"Passei os cem primeiros dias da minha vida numa incubadora, chupando o pau de Peter. Peter me empurra para longe do pau: você não me trouxe dinheiro suficiente hoje, sua boceta com cara de peido! Mulheres monstruosas me cercavam o tempo todo. Agora, odeio mulheres e sentimentalismo. Muito mais tarde, no apartamento da rua Squalor, na prisão da rua Folsom, neste manicômio em que vivo agora, as fiéis empregadas, os guardas, as enfermeiras, os funcionários, os amigos, TODOS me enfurecem. TODOS são Rockefeller, Justiça, Sociedade. Nunca me deixam em paz. Nunca tenho permissão para viver como bem entendo. Se minhas ações livres os incomodam, atirem em mim, é o que prefiro. Quero ser feliz. Esta é São Francisco. São Francisco é felicidade. É bizarro o que eu, ou você, temos ou não temos que fazer às vezes para sermos felizes..."

Não me lembro de outras pessoas no começo além de mim mesma...

Me lembro dos marinheiros. Não me lembro de uma babá, de uma mãe ou de qualquer bobagem desse tipo. Os marinheiros cuidaram de mim. Apenas um cuzão se inclinou sobre meu berço de madeira. Sim, essa é a verdade...

Tenho três anos. Um lindo roupão cor-de-rosa. Estou sempre sozinha. Amo estar sozinha. Gosto muito de brincar nos esconderijos cheirosos. Debaixo da mesa. No banheiro. Atrás da cama. Agora tenho quatro anos. Boto fogo nas cortinas. O odor gorduroso do tecido queimado me deixa agitada. Eu me sinto tão forte, tão emocionada, acabo gozando. Como limões crus e pedaços de couro preto. O cheiro dos livros, sobretudo os de poesia, me faz vomitar de novo. Lembro também que fiquei muito tempo doente, que me fizeram beber leite insípido e água de laranjeira.

Por vários séculos, o castelo da rua Squalor foi o refúgio da minha família destronada. Os quartos imensos, quartos após quartos após quartos após quartos, estão desertos. Há apenas um esquadrão de criados bem treinados vestidos com *strass* azul e verde – a marca registrada da família –, bigodes longos, capas de pena branca esvoaçantes sobre shorts curtos de seda branca. Os policiais patrulham todas as entradas do parque. O esquadrão do vício e os agentes da divisão de narcóticos protegiam alternadamente nosso castelo.

Eu admirava imensamente o esquadrão do vício branco. Passava babando pelos corredores, observava os vigilantes batendo as armas nos paus segundo o costume da corte austríaca, que ordena que os soldados do Monge fiquem de frente para parede e se esfreguem nela quando o Monge passa. Eu olhava para esses policiais por horas. Não conseguia insultá-los, embora estivessem muito abaixo de mim socialmente, pois temia seus uniformes azuis, seus movimentos bruscos e regulares. Tentei descobrir por que se moviam e agiam de modo tão assustador. Como robôs. Assim comecei a amar as máquinas.

Um dia, num campo sem fim, com grilos, sol luminoso etc., comecei a sonhar com o novo mundo: um mundo definido pelo fato de que eu poderia fazer o que quisesse em qualquer lugar e a qualquer hora. Começo a desmaiar, a desaparecer desse mundo assustador. Sinto braços grandes e fortes em volta de mim, olho na cara de um policial. Sinto o choque e a felicidade. Ele era um rapaz da sarjeta: um capuz de couro preto. É por isso que a atividade do motor, da máquina que está ligada às imagens, à audição, à luz, ao céu, ao espaço, à grandeza, à liberdade, me encanta e me equilibra com uma enorme força.

Um dia o palácio estava de cabeça para baixo. As ordens são dadas em voz alta. O criado sobe e desce as escadas. As janelas estão abertas; as grandes salas arejadas; as capas dos móveis caídas; os mármores dourados descobertos. Alguém me acorda de manhã cedo. Tenho seis anos. O dia todo as carruagens vêm e vão. Nos pátios exteriores ordens breves ressoam, as companhias apresentam grupos de pífaros e tambores. Eles me encontram: eu desço as escadas. O salão estava cheio de gente: damas em alta-costura e oficiais condecorados. Tudo é esplendor! De repente, trombetas de prata soam pelos campos! Uma carruagem chega aos degraus de pedra da entrada. Um velho sai, em seguida uma garotinha. Alguém me empurra contra eles. Eu disse olá para a garotinha. Ela escondeu o rosto atrás das flores; vi apenas seus olhos cheios de lágrimas. Peguei na mão dela. O velho general nos guiou berrando. Imediatamente, um cortejo se formou ao redor da capela do castelo. A cerimônia se desenrolou sozinha. Ajoelhadas na mesma almofada, envoltas no mesmo véu, presas pelas mesmas fitas, cujas pontas as damas de honra seguravam, fizemos o mesmo voto. Quando o papa disse "Sim", a menina sorriu em meio às lágrimas. Nós éramos uma. A linda princesa Rita era minha esposa. Estamos de pé sob o teto de rosas brancas. Sozinhas numa mesa repleta de iguarias. O general aparece, a leva embora. Quando ela parte, me vejo chorando sozinha, em meio a uma sucessão de candelabros no imenso salão de casamento. "Estou farta de ideias", falei. "Elas me entediam pra caralho. O negócio é descobrir o que não me entedia pra caralho."

Rita é minha primeira amiga. Eu penso cada vez mais na realidade do novo mundo. Acho que sonho. Perambulo pela casa vazia e silenciosa, rondo como um gato faminto e abandonado, adquiro consciência do meu corpo. Não sou apenas uma mente por trás de dois olhos: tenho pensamentos em todas as partes do meu corpo, todos lutando entre si, todos morrendo de vontade de escapar. Eu precisava de saídas tanto quanto de entradas. Rádios abafavam constantemente as informações recebidas. Apenas a mobília pesada me deu pena e se espatifou no chão. Eu estava assustada. No fundo de algum corredor escuro, ou na base de uma escada, uma armadura de plantão fazia meia-volta, barulho de esporas. Aquele barulho me transportou para o grande dia da festa. Ouvi as trombetas e os tambores ressoarem as saudações da artilharia. Sinos. Os órgãos tocavam, a carruagem aberta da princesa Rita cruzou meu céu como um foguete e estava prestes a cair no campo. O velho general caiu de cabeça a seus pés, como um palhaço, gesticulava com os braços e pernas, me fez um sinal. Ele me disse para vir, para vir me juntar a eles, a princesa me esperava, ela estava lá, no campo. Minha amiga. O ar tinha um perfume de trevo cor de carne. Eu desejava penetrar no campo. Os policiais me pararam.

não me machuque, papi, não me faça mal
eu te amei tanto tempo
você não vê que a violência corporativa está me matando

machuque meu corpo, me faça sentir dor
preciso tanto de amor, de mais e mais
eu te quero tanto que serei qualquer um
quero tanto qualquer amante que não passo de escória
você não vê que a violência corporativa está me matando.

Comecei a fazer o que queria:

Comecei a odiar as pessoas que antes apenas desprezava porque não tinham os olhos de Rita. Queria arrancar os olhos delas. No começo, tentei me conter enfiando uma faca na perna.

Rita chegou novamente. Foi mais bonito que da última vez. Era nosso aniversário. Por horas olhamos nos olhos uma da outra nos olhos uma da outra. Não nos mexemos. Na calada da noite, beijei seus lábios, nossas línguas se tocaram e ela foi embora. Sua boca era o novo mundo.

Depois que ela foi embora, peguei a faca e cortei os olhos pintados da minha família ancestral na galeria. Não me senti culpada.

Até completar dez anos, eu via Rita uma vez por ano no nosso aniversário de casamento. Completei dez anos. Ainda estava tentando fazer o que eu queria. Mas não sabia como são as coisas. Uma noite, antes de ver Rita, recebi uma carta do velho de Viena que cuidava da minha educação me dizendo que eu tinha que ir para Viena para sempre.

Eu nunca mais veria Rita. Fiquei indignada. Tive que fugir. No início da manhã, a luz vermelha-acinzentada passava lentamente sobre os mendigos adormecidos, andei na ponta dos pés de casa até os estábulos. Desamarrei os cabrestos dos cavalos: me amarrei debaixo da barriga da égua preta. Ateei fogo no feno. Imediatamente os cavalos fugiram, com medo das chamas e da crepitação. Um enorme pânico e tumulto. Minha égua deu três saltos, juntou-se ao fluxo de cavalos enlouquecidos. Enganei os policiais com habilidade. Mas um deles, inesperadamente, atirou para matar. Não se importava com o valor da vida. Minha égua desmaiou sobre mim. Eu estava coberta de sangue. Quando cheguei ao palácio, tinha o crânio rachado, as costelas esmagadas, as pernas quebradas. Tinha feito o que eu queria. Podia ficar e ver Rita. Não tinha equacionado as coisas.

Mas Rita não veio.

Não consegui fazer Rita vir, comecei a delirar. Não tinha nenhum amigo, não podia fazer o que eu queria. Fiquei delirando por três semanas. Então, aos poucos, comecei a me recuperar. Mas minha perna direita, passados mais de dois meses, pendia inerte. Eu não sabia se os médicos tinham sido negligentes ou se haviam recebido ordem para deixá-la inválida. Ela estava anquilosada. Uma enfermidade devida à vingança do sinistro velho vienense. Ele estava me punindo por não ir a Viena.

Comecei a perceber a natureza da realidade:

Meu mundo, minha posição social, meu amigo, meus inimigos, meus laços familiares, minhas relações com a corte vienense. Por que fui presa? Quem me mantinha prisioneira? Quem controlava minha vida?

Quando consegui voltar a andar, manquei até a biblioteca. Os livros me diriam a verdade. Lá, passei os três anos seguintes, estudando. Eu não precisava de Rita, de fantasias,

não há mais pais não há mais escola
não há mais regras sujas da sociedade
abra minhas pernas, sou tão pobre que quero morrer
São Francisco é o lugar para mim
é o lugar onde quero estar
abra minhas pernas, sou tão pobre que quero morrer.

Decifrei os documentos da família: manuscritos antigos, escrituras particulares, títulos de propriedade. Aprendi a história da minha família: sua grandeza, que levou à sua queda. Como o resto da minha família, jurei ódio implacável contra a corte vienense. Eu estragaria os planos que havia feito para mim, resistiria às suas ordens, escaparia. Escapar. Para qualquer lugar, para qualquer lugar sem política, sem Rockefeller, onde eu pudesse viver, livre, de forma simples e desconhecida.

Mas Rita, minha amiga, voltou! Estava enorme: uma gigante adulta que misteriosamente me deixava louca. Ela correu loucamente pelos corredores até o quarto da minha mãe. Explodiu loucamente em soluços. Entrei a galope na sala e explodi loucamente em soluços com ela. Ela não se importou com a minha perna morta. Ficamos por horas nos braços uma da outra. Não precisávamos dizer uma palavra. Nossos lábios roçaram levemente para cima e para baixo, hora após hora, nos cabelos do pescoço uma do outra. De repente Rita foi embora.

Eu não conseguia mais pensar na realidade, nas informações que havia descoberto nos papéis da minha família, eu me tornei Rita: agora minha voz estava rouca. Baixas ressonâncias, sons de flauta profundos e longos, mudanças bruscas de registro e modulação. Como a de Rita. Que se foda a porra dos livros. Como uma idiota louca olhei para o sol poente durante todo o dia. Para onde Rita tinha ido. Este era o campo. Meus nervosos sonhos infantis tornaram-se minha realidade.

Passei a prestar muita atenção à minha vida interior. Pela primeira vez notei que vivia totalmente sozinha. Quem controlava esse silêncio constante, essa solidão? Um grupo de homens musculosos do FBI substituiu os policiais de patrulha. Esses hambúrgueres não me encantavam: não tinham horário regular, trombetas, esporas. Fazem tudo em segredo. Ouço uma voz rouca, o baque surdo de uma coronha de arma no corredor, golpeando, atrás de uma porta. Tudo se move. Voz, articulação, encantamento, trovão. Vejo tudo: o movimento das copas das árvores: a folhagem do parque se contrai, se abre e se fecha como uma boceta voluptuosa: o céu se estende cada vez mais longe. Essas são as minhas sensações. Eu sou música total. Sexo. Energia. Vitalidade.

Estou em êxtase. Em êxtase. Percebo a raiz dos meus sentidos. Minha boceta incha. Sou a Todo-Poderosa. Fiquei com ciúmes da natureza. Eu deveria controlar cada evento, meus desejos e minha respiração deveriam controlar cada evento. Minha solidão estava me fazendo ver isso.

Eu queria controlar Rita. Eu queria Rita.

Eu tinha quinze anos.

Nessa exaltação, cada evento que me lembrava da realidade me exasperava. Viver é uma coisa idiota.

Cometi um crime tão horrível, tão repugnante aos olhos da humanidade, mas talvez você entenda o porquê. Passam-se dias, semanas, meses. Tenho dezenove anos. Rita se muda para a casa ao lado, um castelo vizinho. Eu a vejo uma vez por semana, toda semana, na santa sexta-feira. Somos boas católicas. Passamos o dia inteiro na sala do arsenal. Adoro esta sala, porque fede e não tem móveis. Olhamos profundamente nos olhos uma da outra. Às vezes Rita toca Bach na pequena sala de piano, ou veste roupas ridículas e antiquadas, de drag da Haight,[8] que encontra em armários sob cadeiras empoeiradas, sob os corpos dos mendigos deitados na porta do castelo. Nesses farrapos, nesses pedaços de veludo sujos de merda, nessas meias-calças arrastão pretas com costuras rasgadas um centímetro abaixo da bunda, nesses sutiãs de seda rosa, quimonos japoneses com buracos na virilha, ela corre para a luz do sol, dança como uma rainha da Haight, flores na mão, boca bem aberta. Vejo seus pés, suas mãos, a polpa da bunda, os bicos violeta dos peitos. Quando ela me deixa, a suavidade molhada de sua pele permanece por muito tempo na minha com um odor delicado. Me lembro da maioria das sessões que realizamos na sala do arsenal. Eu mergulhava em seu perfume. Ela não existe: é um vapor que absorvo em meus poros delicados. Seu olhar é minha cocaína. Passo a mão por seus pelos púbicos por um longo tempo.

Sou o pente de madeira chinês que passa por seus cabelos cacheados. Sou o sutiã que delineia seus peitos delicados. Sou a rede transparente das mangas de seu vestido. O vestido balançando ao redor das pernas. A meia de seda ao redor da coxa. O calcanhar embaixo dela. O pufe que ela usa depois de tomar banho. O sal de

---

8 Haight-Ashbury, região no centro de São Francisco associada ao movimento de contracultura da década de 1960. [N. T.]

suas axilas. Esfrego suas partes úmidas. Sou molhada e macia. Sou a mão que faz o que ela precisa. Eu não existo. Sou sua cadeira, seu espelho, sua banheira. Eu a conheço perfeitamente, como se fosse o espaço ao seu redor. Sou a sua cama.

Quero controlá-la: muitas vezes a controlo sem que ela saiba ou deseje.

Quero vê-la nua. Tocá-la nua. Digo-lhe isso. Ela diz "não". Agora ela mal me vê.

Privada de sua amizade, fico nervosa, suscetível, melancólica. Não consigo dormir. Sonho ou vejo mulheres me cercando, mulheres de todas as cores, mulheres de todas as alturas, mulheres de todas as idades, mulheres de todas as eras. Como robôs, elas cambaleiam na minha frente. Elas se deitam diante de mim, se sacudindo e se contorcendo num círculo. Um instrumento de cordas. Sou uma estrela do rock. Controlo suas bocetas (elas): meu olhar faz algumas delas gozarem. Minha mão, outras. De pé, vestida como o baterista do Hot Tuna, toco-as na medida de suas agitações: desacelero, acelero, paro, recomeço, mil vezes, mil vezes, *da capo*,[9] *tutti*, reformulo suas poses, seus ritmos, tudo junto, levo-as ao delírio. Esse frenesi me mata. Não posso fazer nada. Estou presa.

Estou toda arrepiada.

Não quero ver mais ninguém. Me tranco na sala vazia do arsenal. Não me preocupo em escovar os dentes, lavar o rosto, trocar de roupa, fazer refeições regulares, acordar de manhã, dormir à noite, toda essa porcaria social. Começo a feder. Amo. Mijo pelas minhas pernas com prazer.

Começo a amar os objetos. Os eventos que não têm vontades próprias. Não estou falando de eventos de arte, coisas baseadas em ideias, que revelam engenhosamente as fontes de suas ideias, coisas em abundância no velho castelo. Quero dizer coisas como ferramentas opacas e estúpidas. Eu me cerco delas. Uma lata de biscoitos, um ovo de avestruz, uma máquina de costura, um pedaço de quartzo, uma pepita de chumbo, uma chaminé. Gasto meu tempo lidando com elas e cheirando-as. Mudo tudo de lugar mil vezes por

---

9 Termo musical da língua italiana que significa "do início". [N. T.]

dia. Essas coisas me divertem. Me distraem. Me fazem esquecer que tenho e tive emoções entediantes.

Essa é uma grande lição para mim.

Uma chaminé me excita sexualmente. A pepita de chumbo parece grossa e macia como a pele de Peter. Posso confiar em alguém, até mesmo em Peter, tanto quanto confio na pepita de chumbo? A máquina de costura é um plano perfeito, capaz de tomar o poder, como os músculos das pernas de uma prostituta, a colisão mecânica de uma stripper. Posso arrebentar os lábios do quartzo perfumado, beber a última gota desse mel primordial que a vida, em sua origem, deposita em moléculas vítreas, Vênus salpicada de espuma do mar; o quartzo não me nega seu prazer. A lata de biscoitos é um resumo das mulheres.

O círculo, o quadrado, e suas projeções no espaço, a esfera, o cubo me excitam. Vejo, toco, cheiro, sinto o gosto, escuto, genitais vermelhos e azuis, obscuras e bárbaras orgias rituais.

Para mim tudo se torna ritmo, a vida inexplorada. Já não sei o que estou fazendo. Grito, canto, uivo. Rolo no chão. Faço danças zulu. Rastejo diante de um bloco de granito que coloquei num barril de vinho, tomada pelo terror religioso. O bloco está vivendo como uma massa de pesadelos, cheio de riquezas. Ele zumbe como uma colmeia. Ardente como um marisco oco. Enfiei as mãos lá no sexo inexaurível. Luto contra as paredes para atravessar as alucinações que vêm de todas as partes. Dobro as espadas de ferro, destruo os móveis com meu porrete. Quando Rita, minha amiga, aparece – ela aparece raramente, seu pé não toca o chão –, tenho que estuprá-la.

Era o fim do verão. Rita aparece com um longo traje de montaria. Desce do cavalo. Entra no meu quarto como costumava fazer. Deita-se no chão como costumava fazer. Olha nos meus olhos como costumava fazer. Ela está bem agora: doce, séria, consciente dos meus desejos.

"Vire um pouco a cabeça", sussurro para ela. "Obrigada. Você não tem permissão para se mover novamente. Você é a amiga que eu sempre quis. É dura como uma chaminé. Seu corpo é tão lindo quanto um ovo à beira-mar. Você é transparente e cheia de informações como o sal-gema, inexistente como um cristal. Você é um redemoinho de água imóvel. O abismo da luz. Você é um som capaz de me levar a profundezas incalculáveis: a sensações que nunca conheci. Você é trivial: um pouco de grama ampliada um bilhão de vezes."

Estou aterrorizada. Assustada. Quero cortá-la. Ela vai subir? Está vestindo descuidadamente o casaco? Adeus? O velho, o único que me controla, a convocou a Viena, ela passará este inverno na corte, uma estação de bolas brilhantes de luzes ofuscantes após luzes; ela não pode me ver de novo... Eu não a ouço. Não ouço nada. Lanço-me sobre ela. Eu a viro. Estrangulo. Ela luta, esfola meu rosto com golpes de chicote. Mas já estou sobre ela. Ela não pode gritar. Empurro o punho esquerdo em sua boca. Minha outra mão enfia nela uma faca. Abro seu estômago. Fico banhada em sangue. Pico seus intestinos em pedaços.

Acontece o seguinte: eles me prendem. Tenho dezoito anos. É 1965. Estou trancada em Alcatraz. Dez anos depois eles me transferem secretamente para cá, com os loucos. Todos me abandonaram? Eu sou louca. Por seis anos.

não há mais pais não há mais escola
não há mais regras sujas da sociedade
abra minhas pernas, sou tão pobre que quero morrer
São Francisco é o lugar para mim
é o lugar onde quero estar
abra minhas pernas, sou tão pobre que quero morrer.

DESCONFIANÇA

Se eu confiar em você
Uma revolução vai acontecer.
Se as armas de combate de uma revolução:
Nada de bom ou novo.

A sociedade de hoje nos faz
Assassinos, mentirosos, assassinos.
Se eu confiar em você
Uma revolução vai acontecer.

Não gosto de gente. Sinto-me desajustada nesta sociedade porque tenho medo de outras pessoas, tenho medo de sair na rua, de lidar com as pessoas que são totalmente diferentes de mim. Não gosto desta sociedade, minha política é baseada nisso: neste momento, não há como eu ser útil. Às vezes odeio qualquer pessoa com quem fodi. Acho que a maioria dos ladrões e assassinos vem disso.

"Começou com o tio Albert."

"O que você está dizendo, querida?", o homem alto sussurra. Ele é alto: cabelos castanhos e compridos na frente e atrás. Ele vai resolver meus problemas.

"Tio Albert está morto. E eu acho que o matei."

"Claro que não, querida. Por que você não me conta desde o início o que aconteceu na sua casa?"

Olhei para ele com meus grandes olhos castanho-claros. Herdei-os do meu pai, que agora está morto. Meus pais, ambos, estão mortos. Morreram num acidente de avião quando eu tinha apenas alguns meses de idade. Nem sequer me lembro deles.

"Moro com minha avó, Nana Hattie, acho que é ela quem bota ordem no galinheiro. Ela sempre me controla. Tem oitenta anos, agora. Mas sabe mais do que todos nós, sabe bem como conseguir o que quer. Ela é antiquada. Entende?"

"Acho que sim."

"As regras dela, a forma como a casa é conduzida, seriam esquisitas para qualquer outra pessoa. Quero dizer para qualquer pessoa, exceto para nossa família. Nós estamos acostumados, nem percebemos, você sabe como somos esquisitos. Ou talvez não. Há dois domingos tio Albert - tio Albert e tio Cyrus estão sempre brigando - decidiu ir à igreja sozinho. Ele não ia querer que você soubesse disso."

"Ahan."

"Todos nós temos que ir à igreja juntos. Ou as mulheres vão com as mulheres, e os homens com os homens. Essas são as duas únicas alternativas. Mas tio Albert se recusou a ir com tio Cyrus. Eles estavam brigando porque Nana Hattie diz a eles o que fazer, é a mãe deles. Eles se ressentem de serem crianças de sessenta anos e acham que podem começar a dizer a si mesmos o que fazer. Então, descontam um no outro o ódio que sentem pela mãe.

"Tio Albert saiu gritando de casa, dizendo que nos encontraria na igreja, que preferia morrer a andar com um irmão assassino, e... e depois nunca mais o vimos."

"Então por que você acha que ele foi assassinado?"

"Você não entende. Simplesmente não entende. Nossa casa é diferente. Em nossa casa todos obedecem a Nana Hattie. E isso desde que me lembro, desde que eu era criança. Não me lembro de mais nada antes dos cinco anos. Não me lembro dos meus pais de jeito nenhum. Mas tio Albert e tio Cyrus vêm obedecendo aos conselhos e às regras de Nana desde que nasceram. Eles nunca desapareceram. Muito menos por catorze dias. Você simplesmente não entende."

"Precisarei de mais detalhes."

"Todo mundo está brigando. É como se uma mortalha pairasse sobre a casa. Cyrus se recusa a falar. Ele paira nas sombras; são densas e profundas. Minhas duas tias, uma delas não é na verdade uma tia, mas uma tia adotiva, gritam uma com a outra o tempo todo. Elas sabem que há algo errado, mas não admitem.

"Veja bem, não sou a única preocupada com o desaparecimento do tio Albert, eu... Também estou com medo."

Há outra coisa: "O ar estava úmido e frio. Senti as bordas inferiores das pálpebras e os cílios grudarem na pele abaixo dos olhos". "Um dia antes de tio Albert morrer, tive uma briga terrível com ele. Ele estava atormentando o tio Cyrus, estava sempre atormentando o tio Cyrus. Tio Cyrus estava prestes a chorar. Não suporto ver um homem chorar. Eu disse a tio Albert para parar. Tio Albert me disse que eu era um bebê indefeso. Fiquei tão brava que lhe disse algo que ele não deveria saber e que eu nunca deveria ter dito: uma semana antes, vovó Hattie tinha refeito seu testamento. No novo testamento, o dinheiro dela seria dividido por todos nós, exceto tio Albert. Ele não recebeu nada. Ele não tinha mais nada pelo que viver.

"Acho que forcei tio Albert a se matar."

Não posso contar a ele por que acho que matei tio Albert.

"Até que ponto você e sua família são ricos?", pergunta o detetive alto e magro.

O detetive me levou para dentro da casa. Era uma casa escura e sombria cheia de móveis desconfortáveis, linhas austeras, criados impecáveis. Mas era um lar. Era tudo que eu conhecia. Se não fosse por esta casa, eu seria órfã. Deixada no frio. Uma vagabunda na sarjeta. O mijo escorrendo pelas pernas, eu não teria nada. Estou alegre por ser uma putinha puritana.

Acompanho o detetive até uma sala revestida de couro e madeira rústica. Ela cheira a tabaco.

"Meu nome é David."

"Ah", eu digo.

Nesse momento tio Cyrus entra na sala. Tio Cyrus ainda não morreu. É tio Albert que está morto, eu me lembro.

"Como está minha sobrinha favorita?", pergunta tio Cyrus, beliscando minha bochecha rosada. "Ah, desculpem-me." Ele percebe o detetive alto. "Meu nome é Cyrus."

Tio Cyrus é gordo, pequeno e tem bochechas rosadas. Parece um bebê querubim.

É o início da revolução. Acho que estou apaixonada por Peter, um revolucionário alto e de cabelos claros que quer se livrar dos líderes e do dinheiro. Ele acha que pode fazer isso com os outros. Porque está tão envolvido com o trabalho, sua sabotagem subterrânea, seu trabalho eletrônico, que nunca tem tempo de comer, muito menos de me ver. Porque ele não me vê, estou definhando de desejo. Não como. Estou fungando, com frio, gripe, malária, enfim, todo meu sangue está envenenado. Estou ciente da liberação das mulheres, mas ainda definho de desejo.

Peter e eu moramos juntos. Em outros tempos, a necessidade de Peter ganhar dinheiro o afastou de mim. Agora, sua luta contra o dinheiro e contra o poder do dinheiro o afasta de mim.

Eu poderia foder com outros. Sim, mas não é um mero desejo físico por Peter que está me fazendo morrer. As outras pessoas que encontro para foder me entediam.

A primeira foda com alguém geralmente me perturba: fico muito nervosa, porque tenho medo de que a pessoa pense que sou ruim de cama, quero fazer qualquer coisa para agradar a pessoa, tenho que descobrir como posso gozar muito. A segunda vez que fodemos é melhor: não fico tão frenética, já não estou apaixonada, descobri como gozar, ainda não fiquei entediada. A partir daí é uma descida ladeira abaixo: fico cada vez mais entediada.

Há poucas pessoas que eu amo. Sigo-as por aí. Se eu fodesse com qualquer uma delas, explodiria.

Sei que não deveria ser assim. Ou tenho medo de mudar, ou não quero.

Como posso lutar contra mim mesma? Não confio em ninguém, mas não posso viver na miséria toda a vida. Tenho medo do meu poder. No primário, meus professores diziam: "Ela é uma líder nata, mas se recusa a reconhecer isso". Quero foder com Peter uma vez por dia. Não quero passar fome.

Peter tinha ido embora havia três semanas. Não me disse para onde estava indo por medo de que o governo Rockefeller, por meio de produtos químicos, me forçasse a dar a informação. Tenho medo da dor. Quando ele saiu, gritei de frustração. No terceiro dia, estava excitada, insuportavelmente excitada. Comecei a me apaixonar por todo mundo que via e que parecia sexualmente interessado em mim. Eu me odiava. Era feia, estúpida, inútil.

Eu observava as águas cinzentas de São Francisco. O fluxo da luz branca da manhã atravessa as camadas de cinza. O som das buzinas de nevoeiro são sem dúvida códigos, eu sei, nosso exército se vale delas para conectar suas várias unidades quase autossuficientes. Para trazer boas notícias.

Eu não aguentava mais. Não aguentava esperar em casa dia após dia sem nunca saber quando meu amante voltaria para casa com uma perna quebrada, um ferimento de bala no pescoço pingando sangue, morto. Eu não aguentava mais me sentir inútil. Sentir que meu tempo não era meu pois não fazia nada útil com ele, mas era o tempo de Peter, pois ele estava fazendo algo útil. Não aguentava mais sentir que não era nada. Um fantasma que flutua sobre pisos de madeira em ruas de cimento e que não é nada para ninguém.

Eu estava com tesão.

Lembro-me de um dia frio. O ar molhado como se o próprio ar fosse a chuva. Eu saio sozinha. Não me sinto triste. Não sinto nada. Sequer tenho certeza do que estou fazendo. Acho que não quero matar ninguém.

A luta estava acontecendo no país.

Sou admitida num grupo de soldados que a princípio não confia em mim. As notícias no rádio relatam violência em todos os Estados Unidos. Em 1º de outubro, ouvimos falar da morte de "Blue" Gene, de seu irmão Bob e de outros em São Francisco. A cidade é palco de conflitos constantes. Decidimos voltar para a cidade. Uma das mulheres diz que estamos prestes a enfrentar dias difíceis e perigosos, com o inimigo por perto. Talvez tenhamos que continuar por vários dias, sempre em movimento, com pouca comida.

Alguns dos homens são decentes o bastante para expressar seu medo e partir imediatamente.

Enquanto estou encostada numa árvore, comendo meia salsicha e dois biscoitos, um tiro de rifle quebra o silêncio. Uma saraivada de balas, pelo menos é assim que me parece no primeiro tiro, cai sobre mim e meus companheiros. Fear se aproxima solicitando ordens, mas ninguém pode emiti-las. O ataque surpresa e o tiroteio pesado são demais para nós. Fear retrocede para assumir o comando do grupo. Uma mulher deixa cair uma caixa de munição aos meus pés. Quando a repreendo, ela me olha angustiada. Murmura algo como "Não há tempo para se preocupar com caixas de munição". Ela continua andando. Desaparece de vista. Algum tempo depois, os capangas de Rockefeller a assassinam.

Esta é a primeira vez que tenho que escolher entre meu desejo de encontrar Peter e meu dever como soldado revolucionário. Talvez não possa fazer as duas coisas. Por enquanto, pego a caixa de munição.

Atravesso a clareira; sigo em direção ao rio Russian. Perto de mim, meu amigo Arbentosa também caminha em direção ao rio.

Uma rajada de fogo nos atinge. Meu peito sente um golpe violento. Meu pescoço se abre. Tenho certeza de que estou morta. Arbentosa vomita sangue. Um buraco profundo em suas entranhas sangra profusamente. Grita: "Eles me mataram!". Dispara o rifle ao acaso. Eu vejo Fear, digo: "Eles me mataram".

Fear diz: "Ah, não é nada", embora eu possa ver em seus olhos que ele acha que estou morrendo. Fiquei ali sozinha, sem vontade e esperando para morrer. Fear me persuade a continuar. Eu me arrasto até o rio Russian. Lá, encontro Bob, que teve o polegar arrancado. Fay está enfaixando a mão dele. Meus amigos agora começam a confiar em mim.

Enquanto caminhávamos até São Francisco, vimos duas negras que fugiram de nós assim que nos viram. Nós as perseguimos até capturá-las. Elas são pacifistas: são absolutamente contra qualquer tipo de violência. Estou enojada com os braços ensanguentados, as tripas caindo do estômago, bocas abertas na escuridão. Não quero ter mais nada a ver com o combate. Com mudanças ou com um governo baseado na violência. Planejo partir com as mulheres. Mas sei que meus amigos estão passando pelo fogo cruzado e pela possível morte que agora me recuso a enfrentar por causa de minhas novas ideias. Não posso me recusar a ajudar meus amigos só porque tenho certas ideias que de alguma forma estão sempre mudando. Contra minha vontade, decido continuar lutando.

Acampamos cerca de cem quilômetros ao norte de São Francisco. As pessoas que vivem no município de Sonoma nos dão as boas-vindas: nos dão comida e os suprimentos médicos necessários.

Ainda estou incrivelmente excitada.

Continuo viajando. Em nosso caminho para o sul, encontramos um dos dois homens que tinham ido atrás de um desertor. Ele nos diz o seguinte: seu parceiro de buscas tinha lhe dito: "Sou amigo de Wong. Não posso traí-lo". Em seguida, começou a fugir. O homem manda o amigo parar. O amigo não para. O homem atira no amigo.

Fear nos reúne em uma colina próxima. Diz que vamos testemunhar o resultado de uma tentativa de deserção. Qualquer desertor tem que morrer. Passamos um a um pelo corpo do amigo morto.

Começo a me aproximar de um homem extraordinário, Bob Sheff, que foi jornalista e estudou física em Mills. Ele não tinha formação militar. Ele me diz que apenas saiu, que era seu dever ficar nos EUA e lutar. Um guerrilheiro, diz ele, tem que obedecer a três regras: Mobilidade constante: Nunca fique no mesmo lugar. Desconfiança: Não confie em nada nem em ninguém até que uma zona seja completamente liberada. Vigilância: Guarda constante e observação. Acampe num local seguro. Nunca durma com um teto sobre a cabeça. Nunca durma numa casa que possa ser cercada.

Eu não confio nessas regras. Quero algo mais. Num futuro próximo, temos que diversificar nossa produção agrícola, estimular a indústria e garantir mercados adequados para nossos produtos agrícolas, minerais e industriais, acessíveis graças a nosso próprio sistema de transporte.

Em 15 de outubro começamos a batalha nos shopping centers desertos de Mill Valley. A princípio usamos o Streetwater[10] como nossa base de operações. Em seguida, montamos o quartel-general mais perto de São Francisco. Nossas forças combatem tropas apoiadas por unidades blindadas e as derrotam.

É um amanhecer claro e cinzento. Outro grupo de revolucionários se junta a nós. Um dos homens é Peter. Nós lutamos juntos, e, sempre que temos uma chance, fodemos.

A cidade de Nova York é tão bonita quanto um santo italiano. Um céu amarelo reflete os espelhos, distingue milhares de torres, campanários, torres de sinos retilíneas que estendem seus membros, empinam-se ou recuam pesadamente, alargam-se, tornam-se bulbosas como estalactites policromadas em uma efervescência tórrida, aletria de luz. Pavimentadas com lombadas, as ruas estão cheias do barulho de 100 mil carros que se espalham

---

10 Famoso bar na cidade de Mill Valley, conhecido por abrigar shows de bandas e músicos da cena alternativa dos anos 1970. [N. T.]

dia e noite; estreitas, retangulares, elas se insinuam entre os rostos vermelhos, azuis, amarelos, ocres das casas para se alargarem de repente diante de uma catedral de ouro, alguns bandos reclamam, os corvos apanham como mulheres tolas. Todos urram. Todos choram. Homens peludos batem punheta na rua. Os mendigos penduram suas roupas. Os velhinhos vendem castanhas queimadas. Um policial barbudo repousa sobre uma enorme espada. Por todos os lugares caminha-se sobre carrapichos de castanhas e bolotas de freixo esmagadas. Restos de pneus, agora a poeira sobe no ar como flocos de carvão. Um cheiro acre de mofo e peixe podre emana do cu da cidade. Depois de dois dias de atraso, neva. Tudo se apaga, tudo se extingue. Tudo está abafado. Os carros passam silenciosamente. Neva. A neve lembra plumas e os telhados são de fumaça. Os edifícios se fecham. Torres, arranha-céus desaparecem. Os sinos tocam sob a terra. As pessoas se movem em torno de toda novidade. Minúsculo. Espremido. Rápido. Cada pedestre é um brinquedo com uma mola. O frio é como uma cobertura de plástico. Lubrifica. Enche sua boca com gás. Os pulmões estão cheios. Todos têm fome. As vitrines das lojas têm patês de repolho perfumados e cobertos de açúcar; caldos de limão com coalhada; *hors d'œuvres* de todas as formas para todos os gostos; peixes defumados; carnes assadas; frangos gordos com compotas agridoces; carne de caça; frutas, laranjas e tomates enormes; garrafas de bebida; pão preto; a fina flor dos queijos.

Aqui nós vemos as primeiras manchas de sangue penetrando na neve. Como os ramos de dente-de-leão ao redor da Gracie Mansion. Também estamos presentes nos primeiros tumultos, numa seção da classe trabalhadora cujo nome esqueci, abaixo do West Village. Vemos a polícia arrastar estudantes feridos.

A revolução brilha.

Nós participamos. Nos juntamos aos comitês. Colocamos todas as nossas reservas à disposição do caixa central do partido socialista revolucionário. Apoiamos tanto os anarquistas de Nova York quanto os anarquistas internacionais. Gráficas clandestinas. Pacotes de jornais distribuídos em massa nas fábricas, nos portos, nos quartéis. Atacamos o voto universal, a liberdade, a fraternidade e a irmandade para exaltar a revolução social e a luta de classes até o fim. Demonstramos cientificamente a legalidade da expropriação individual sob todas as formas: roubo, assassinato, extorsão, sabotagem de fábricas, pilhagem do bem público, destruição de estradas pavimentadas, destruição de roupas íntimas. Demonstramos cientificamente que uma sociedade corrupta nos obriga a fazer essas coisas para permanecermos vivos.

Depósitos de armas são instalados no Arkansas. Propaganda desenfreada. Os amotinados atacam todas as cidades deste imenso país. Ataques de fervor religioso devastam as cidades do Sudoeste. Começa a reação da direita.

Fugimos dos assuntos mais difíceis.

Tenho certeza de que todos vocês conhecem a história do movimento revolucionário dos EUA. Empregados e escravizados fugitivos escaparam das plantações de tabaco na Virgínia, prostitutas estragadas e dissidentes religiosos ajudaram os indígenas a lutarem por suas vidas. Os prisioneiros de Attica Folsom[11] etc. lutaram contra os promotores da lobotomia, contra os homens que querem implantar cérebros de cachorro na cabeça dos prisioneiros e cérebros de prisioneiros na cabeça dos cachorros para ver o que acontece. Os mais ardentes adeptos da pura Maria Spiridonova ou do heroico tenente Schmitt perderam seus ideais revolucionários quando cometeram crimes.

Há casos diários de loucura e suicídio: as prostitutas acreditam que os outros trabalhadores deveriam respeitá-las. Os trabalhadores se voltam contra os patrões. Os soldados se recusam a lutar.

Um homem bebe sangue menstrual para fazer outro homem amá-lo. Um músico cobre as mãos com merda de cachorro para massagear a aura de um poeta. Os homens são bichas. As mulheres, sapatões. Todos os casais praticam o amor platônico. As paredes dos edifícios das cidades são separadas pelas portas extravagantes de bares, boates, shows de sexo ao vivo. Homens com milhares de milhões de dólares matam as pessoas em outros países,

---

[11] Prisão no interior do estado de Nova York. [N. T.]

envenenam o ar, a água, o solo, para conseguir mais dinheiro.

No Plaza, no Papillon, ministros cobertos de cuspe misturam-se com revolucionários carecas e estudantes cabeludos que vomitam champanhe nos restos dos pratos e nas mulheres estupradas.

Esta é a história sobre uma parte da vida do meu amigo Bob Ashley. É uma história de amor.

Ashley já deu a maior parte de seu dinheiro ao partido socialista revolucionário. O pouco de dinheiro que ainda conseguimos obter para nós mesmos, as necessidades prementes do partido devoraram. Moramos em todos os lugares: Newark, Hoboken, Nova Guiné, Bronx. Moramos nos guetos. Trabalhamos em fábricas e estaleiros. Quando não éramos pagos, roubávamos mercadorias desses lugares. Depois de assaltá-los, íamos para a resistência.

Ashley sente um enorme desejo de mergulhar no abismo da mais anônima miséria humana. Não rejeita ninguém. Ninguém lhe dá nojo. Quando me vê ou vê alguém resmungar, cai na risada e se diverte muito. Ouve a todos atentamente. Está interessado em tudo. Não assume a responsabilidade por suas ações nem por qualquer outra coisa. É confundido com o famoso terrorista Samuel Simbirski, que matou o russo Aleksandr ii e escapou de Sacalina. Ele é conhecido em todos os lugares.

Macha pensou nesse subterfúgio quando o verdadeiro Samuel Simbirski morreu num abrigo, num beco sem saída, em Paris, vítima de tuberculose.

Macha e Ashley estão profundamente apaixonados.

Macha é uma judia lituana. Enorme. Seios enormes, barriga enorme, bunda enorme. As pernas são montanhas. A cabeça rodeada de cabelos crespos lembra a de Novalis.

Ela tem 38 anos. Doutora em matemática e ciências. Autora de um livro sobre o movimento perpétuo.

Conhecemos Macha em Varsóvia, onde ela administrava nossa principal gráfica clandestina. Ela escreveu nossas proclamações, nossos manifestos, nossos panfletos, que tiveram grande influência sobre a massa, desencadearam tantas greves e causaram tantos estragos. Macha sabe como apelar para os instintos básicos da multidão. Suas palavras inflamadas são irrefutáveis. Ela agrupa os eventos, ilumina-os, coloca-os em relevo como lhe apraz e de repente tira deles conclusões cuja simplicidade e lógica nos surpreendem. Sabe como incitar o fanatismo do povo: "Esse cara que os policiais liquidaram aqui", ela diz. "Olhem bem para este lugar. O que vocês estavam fazendo nessa hora? Seus amigos Do-Do e Goo-Goo apodreceram nas profundezas da Attica. Quando ficaram cansados de apodrecer, bateram em suas celas para que os policiais entrassem e atirassem neles. O que vocês estavam fazendo nessa hora? Quando a sra. Puritana se recusou a trazer café para o chefe, o sr. Lambe-Cu, pela quinquagésima vez em dois segundos, e assim foi jogada nas ruas, e não conseguiu nem mesmo ser uma puta de oito dólares por trepada, o que vocês estavam fazendo? Quando o procurador do distrito de Nova York colocou mais heroína nas mãos dos traficantes suspeitos e ordenou que seus capangas batessem em duas crianças de onze anos por quinze gramas de maconha; quando ordenou que todos os viciados tomassem metadona porque ele tinha o controle total do mercado de metadona, ao passo que o de heroína ele tinha de dividir com o presidente dos Estados Unidos; o que vocês estavam fazendo nessa hora?" Ela sussurra de maneira insinuante e maliciosa para uma outra dona de casa entediada: "Você tem que levantar a mão para ir ao banheiro no trabalho? Tem que comprar cartões de Natal para enviar a seu chefe quando lhe restam apenas três centavos de seu pagamento semanal depois de descontados os impostos?".

SAPATÕES

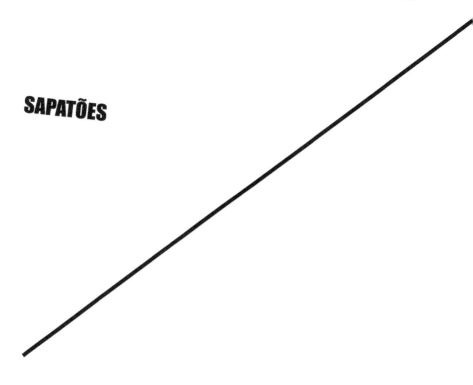

Patty se aproximou e colocou os braços em volta da minha cintura. Me apertou com firmeza e sussurrou no meu ouvido: "Tenho que dar coisas para as pessoas que amo".
    Eu me virei e sorri. "Certo, tudo bem..."
    Patty virou impulsivamente minha bochecha e me deu um beijo rápido.
    Lutei contra um lampejo de pânico. Me afastei de Patty. Mas o braço de Patty permaneceu em volta da minha cintura, me segurando contra ela. Meu lampejo de pânico se tornou um calafrio de pavor. Levantei a cabeça e olhei para ela.
    Seus olhos grandes estavam fechados, as pálpebras com uma cor muito escura. Seus lábios estavam ligeiramente separados.

Ela voltou a erguer a palma da mão até minha bochecha e a pousou suavemente em minha carne.

Senti o coração bater rápido e forte.

"Patty..."

"Sim?" Sua voz era suave; seus olhos na minha boca.

"Patty", eu balançava a cabeça devagar. "Patty, eu... eu... não posso...".

Patty assentiu com a cabeça. "Eu sei, querida." Ela sorriu, em seguida inclinou a cabeça e encostou suavemente os lábios na minha boca. Antes que eu pudesse reagir, abaixou os braços e se afastou.

"Meu bem", ela disse, "eu sei que você é hétero. Deixe-me apenas te amar. E fazer as coisas para você."

Olhei para aquela grande mulher e vi a dor em seu rosto. Também vi o amor e quis estender a mão e acolhê-la reconfortantemente nos braços. Lágrimas quentes de pena, compaixão e frustração escorrem de meus olhos.

"Kathy?"

"Sim, Patty?"

"Kathy, por favor. Eu não vou... Não se preocupe..."

"Patty?..." Eu hesito. "Tudo bem."

O Centro de Correção da Prisão Folsom é uma prisão dentro da prisão. Fica isolado, num prédio separado, e garante o máximo controle físico. Cada unidade tem 150 internos. A equipe é composta por um administrador (o chefe), um conselheiro, dois peritos judiciais, um tenente, dois sargentos e dois agentes penitenciários.

Os internos são levados para um centro de correção ou porque os funcionários não toleram seu comportamento na população carcerária geral ou porque o seu comportamento não é tolerado pelos outros internos.

A equipe tenta classificar cada interno em uma de várias categorias. O interno conversa dez minutos com o pessoal da equipe: em seguida, é classificado. De acordo com a classificação que recebe, é mantido na população carcerária geral ou encaminhado para um centro de correção.

"Kathy", ela sussurrou.

"O que é?"

Minha voz saiu apressada, repleta de uma espécie de pânico precipitado. Comecei a me sentar, mas, antes que pudesse fazê-lo, Patty se moveu sem fazer barulho até a minha cama.

Classificações dos prisioneiros (candidatos ao Centro de Correção):

1. Militantes: muitos dos problemas pessoais dos presos vêm de seus vários posicionamentos políticos.
2. Artistas da pressão: certos prisioneiros são predadores que perambulam pela prisão e atacam os prisioneiros mais fracos. Exigem qualquer coisa, de sexo a cigarros.
3. Fracos: prisioneiros que, muitas vezes por causa de sua aparência jovem, tornam-se parceiros sexuais ou joguetes de um ou mais predadores.
4. Ratos de prisão: prisioneiros que informam outros prisioneiros sobre ofensas que vão desde planos de fuga a tramas de assassinato e infrações menores das regras.
5. Riscos de fuga: qualquer prisioneiro que pareça querer fugir ou que tenha escapado da prisão.
6. Drogados: este é um problema menor.
7. Doentes mentais.

"Não tenha medo."

"Por favor, Patty."

"O quê?"

"Eu sou...", começo. Então minha voz foi cortada por um rápido influxo de ar. Meus olhos se arregalaram e ficaram enormes, como se eu estivesse hipnotizada. Minha boca tremeu, e um pequeno vestígio molhado de umidade brilhou em meus lábios. "Patty", comecei de novo, mas as palavras pareciam secar na minha garganta. Quando Patty se inclinou com mais cautela e tocou minha boca com os lábios, gemi baixinho. "Oh, não", murmurei, mas, com a pressão do beijo de Patty aumentando, o som se transformou num pequeno gemido impotente. Patty deslizou uma das mãos pelo meu ombro e acariciou meus peitos nus, afagando-os e apertando-os até que os bicos estivessem duros e doloridos. Sem palavras devido ao beijo feroz de Patty, continuei encarando-a com uma expressão estarrecida nos olhos dilatados. Uma veia latejava na cavidade da minha garganta, e, a cada respiração longa, meus peitos inchados e tensos subiam e desciam, brilhando com um brilho acetinado. Por fim, quando a boca de Patty se afastou, com relutância, estremeci.

"Não", implorei sem forças, "Não, Patty. Por favor, não."

"Mas você sabia que isso aconteceria."

"Não", sussurrei. Sou uma mentirosa.

"Não minta."

"Não estou mentindo", insisti.

"Então por que não foi dormir?"

Respirei fundo e segurei o fôlego por um momento.

Depois de um momento sem palavras, Patty deslizou ao meu lado, me apertando, me abraçando e fazendo pequenas explorações carinhosas com as mãos. Me empurrou gentilmente para baixo e, sussurrando e murmurando com uma voz rouca, distribuiu beijos molhados, quentes e trêmulos pelo meu rosto e por meus ombros e peitos. Seus lábios provocaram e seduziram e queimaram padrões de calor na pele nua quente e lisa. Seus dedos delinearam a extensão das minhas costas e se moveram até meus quadris e coxas. Quando seus lábios voltaram à minha boca, ela a apertou e se separou, então me apertou mais profundamente.

Os sons de nossa respiração pesada encheram o quarto enquanto nos sentávamos e olhávamos uma para a outra. Um brilhozinho quente nos olhos de Patty me prendeu na cama, mas, quando Patty finalmente falou, sua voz estava perfeitamente sob controle.

"Tudo bem", disse ela. "A escolha é sua, Kathy."

"Minha escolha?"

Meus braços esconderam os peitos nus.

"Não vou forçá-la de novo."

"Mas, Patty...", comecei, suavemente.

"Não", Patty interrompeu. "Apenas decida."

Melvyn Freilicher tem 28 anos e ficou preso por treze anos, cerca de dez deles em segregação. Melvyn Freilicher foi originalmente condenado à prisão em 1957 por posse de soco inglês, em 1961 por possuir uma faca feita na prisão, e em 1965 pelo homicídio culposo de outro prisioneiro. Melvyn Freilicher estava perfeitamente ciente de seu histórico anterior de violência e, durante os últimos anos, alcançou notável crescimento pessoal e discernimento. Fez todos os esforços para reorientar sua vida; para retornar à população carcerária geral e se preparar para a sociedade; para participar de programas concebidos para dar aos prisioneiros discernimento sobre seus problemas.

A equipe o classificou como um "problema de gestão". Os agentes penitenciários em contato diário e observação de Melvyn Freilicher o consideravam confiável e não violento.

Os agentes penitenciários negaram insistentes solicitações de Melvyn Freilicher de relaxamento para a população carcerária geral de Folsom ou para a população carcerária geral de outra prisão.

Em 9 de fevereiro de 1972, ou por volta disso, Melvyn Freilicher se recusa a "concordar" com sua transferência para a Unidade de Tratamento Psiquiátrico Máximo do Hospital Prisional da Califórnia em Vacaville. Melvyn Freilicher afirma que o "programa" da Unidade de Tratamento Psiquiátrico Máximo envolve terapia de aversão, incluindo choque elétrico e de insulina, tratamentos contra febre, injeções de pentotal de sódio, anectina (droga que simula a morte) e antitestosterona (para neutralizar hormônios sexuais), e que os agentes penitenciários o estão ameaçando com pena de segregação continuada para coagi-lo a "concordar" com o "programa" da unidade.

O Departamento de Liberdade Condicional recusou-se a determinar a sentença ou a data da liberdade condicional de Freilicher com base em seu confinamento indefinido e recomendou que ele fosse transferido para o Hospital Prisional da Califórnia em Vacaville para tratamento.

Robert Sheff é um cidadão negro de 29 anos que foi encarcerado no sistema prisional da Califórnia há mais de onze anos. Ficou sete anos preso sob várias formas de segregação.

Robert Sheff foi enviado inicialmente para a prisão em 1961, acusado de roubo de primeiro grau, acusação da qual se declarou culpado, sendo condenado à prisão perpétua, com a possibilidade de liberdade condicional após cinco anos de cumprimento da pena. O corréu, acusado do mesmo crime, se declarou culpado e recebeu a sentença de um ano na cadeia do município.

Em 1969, depois de alguns dias entre a população carcerária geral da prisão de Folsom, após um longo período de segregação, Robert Sheff foi pego numa varredura geral e levado de volta para o Centro de Correção com outra dezena de prisioneiros negros e chicanos. Foi acusado de conspiração para cometer assassinato. A acusação foi posteriormente rechaçada por falta de provas. Ele cumpriu quase três anos na Centro de Correção da Prisão de Folsom.

Em 17 de fevereiro de 1972, foi transferido para o Centro de Correção de Soledad.

Embora tenha sido acusado de muitas violações das regras do Centro de Correção durante seu encarceramento, Robert Sheff nunca foi formalmente acusado de qualquer violação do Código Penal da Califórnia, exceto em 1969, quando a acusação foi rejeitada.

Robert Sheff foi classificado como militante.

Em 17 de novembro de 1971, Phil Harmonic, guarda do Centro de Correção, emitiu um relatório disciplinar contra Sheff porque este supostamente havia parado para falar com outro prisioneiro na saída para o pátio de exercícios. Isso foi considerado uma violação das regras do Centro de Correção da Prisão de Folsom, que deveriam ser aplicadas a todos os prisioneiros, mas não são.

Na mesma data, ele foi acusado de praticar caratê durante o período de exercícios no pátio pelo guarda Warren Burt, do Centro de Correção. Além disso, no mesmo dia, foi novamente acusado pelo agente Al Robboy de falar com outro prisioneiro no caminho de volta do pátio.

Robert Sheff foi vítima de tiros no pátio do Centro de Correção. Em 30 de novembro de 1971, ele se envolveu numa briga com Peter Gordon. A pretexto de separar a luta, na qual nenhuma arma foi usada, guardas da torre de segurança atiraram em Sheff e

Gordon. Nem Sheff nem Gordon estavam tentando escapar. A força letal usada foi irracional e excessiva, pois nem a vida de Sheff, nem a de Gordon, nem a de qualquer outra pessoa foi ameaçada pela briga. Nenhum aviso foi dado aos prisioneiros, nem foram tomadas medidas menos perigosas para cessar a luta. O disparo de munição real no pátio de exercícios fechado colocou em perigo a vida de todos na área. O perigo de um ferimento mortal em tal situação, seja pelo fato de a bala atingir diretamente a pessoa, ou pela grande possibilidade de ricochetear e atingir um órgão vital, é grande.

Os prisioneiros do Centro de Correção da Prisão de Folsom foram feridos em circunstâncias similares.

Robert Sheff apareceu diante de dezenas de comitês prisionais, qualificados como disciplinares, centros de correção e comitês de classificação. Nunca foi informado se ou quando seria liberado do Centro de Correção. Em vez disso, foi informado pelos agentes penitenciários de que ele nunca seria libertado do Centro de Correção e de que morreria lá.

A prisão de Lyon é uma estrutura "moderna", construída em forma de estrela, no sistema celular. Os espaços entre as raias da estrela são ocupados por pequenos pátios asfaltados, e, se o clima permitir, os internos são levados para esses pátios a fim de trabalhar ao ar livre. Magros, debilitados, desnutridos – sombras infantis –, eu muitas vezes os observava da minha janela.

O homem na cela ao lado estava sentado num banquinho baixo, com a cabeça curvada. Com um puxão súbito, voltou os olhos para a porta, um olhar aterrorizado e encurralado em sua antecipação. Com a mesma rapidez ele se recompôs, seu corpo enrijeceu, e seu olhar se fixou em nosso guia com desprezo concentrado. Duas palavras, menos audíveis que um suspiro.

As autoridades fizeram o possível para nos animar. Na manhã de Natal nos sentamos para um café da manhã com flocos de milho, salsicha, bacon, feijão, pão frito, margarina e pão com geleia. Ao meio-dia, nos deram porco assado, pudim de Natal e café, e, na ceia, tortas de carne e café, em vez de uma caneca noturna de

Havia um prego na parede da minha cela, bem no alto da parede. Depois de tanto olhar para ele, finalmente o vi. Eu tinha olhado para ele por dez anos sem notá-lo. Um prego. O que é um prego? Retorcido, enferrujado, era eu que estava cravada entre as pedras. Não tenho raízes. Deixei para trás apenas um pouco de poeira esbranquiçada, dez anos, um pouco de poeira de aranha, um sinal imperceptível na cara da parede, fora do alcance dos olhos do meu sucessor.

Peter Gordon, um cidadão negro de 46 anos de idade, foi originalmente condenado à prisão por falsificação em 1952. Em 1956, foi condenado à prisão perpétua por agredir um outro interno.

Peter Gordon passou treze anos – onze deles, à exceção dos últimos dezenove meses – em segregação indefinida na Prisão de Folsom.

Peter Gordon não está confinado por ser um perigo para si mesmo ou para os outros. Ele não foi acusado nem participou de nenhum ato violento desde novembro de 1960, quando foi condenado a uma pena de segregação por tempo indeterminado por uma briga. Desde novembro de 1960 ele está em confinamento contínuo, exceto por um período de seis meses em 1964, seis meses em 1968 e sete meses em 1969.

Em 17 de julho de 1969, ou por volta disso, a cela de Peter Gordon foi revistada. Um pequeno clipe de catorze centímetros foi encontrado num livro da biblioteca. A procuradoria da comarca de Sacramento se recusou a processar Gordon por posse de "instrumento cortante" (Código Penal da Califórnia 4502) por "insuficiência de provas". Um clipe pequeno não se qualifica como arma. Peter Gordon foi condenado a uma pena de segregação.

Gordon se recusou a se mudar para uma nova área de celas controlada por guardas hostis a ele. Em duas ocasiões, não conseguiu se barbear adequadamente. Gordon não tomara o remédio que lhe foi prescrito. Conversara no pátio de exercícios. Portanto, de acordo com os agentes penitenciários, tinha uma atitude "teimosa e hostil" e devia ser mantido em confinamento.

Os agentes penitenciários estão aumentando os pequenos incidentes para manter Peter Gordon aqui, pois o veem como um líder negro capaz de influenciar os negros mais jovens. Os agentes penitenciários informaram repetidamente a Peter Gordon que nunca permitirão que ele volte à população carcerária geral.

Em 13 de janeiro de 1972, ou por volta disso, Peter Gordon compareceu perante a banca de representantes dos membros do Departamento de Liberdade Condicional da Califórnia. Esses representantes o informaram de que ele não seria considerado para liberdade condicional enquanto estivesse cumprindo pena de segregação.

Os agentes penitenciários e os membros do Departamento de Liberdade Condicional da Califórnia condenaram Peter Gordon à prisão perpétua numa pequena cela sem esperança de soltura.

Em 5 de janeiro de 1972, David Antin e Blaise Antin redigiram juntos o rascunho de uma carta aos membros do Legislativo da Califórnia. A carta foi confiscada posteriormente por agentes penitenciários. O rascunho, datilografado com um título fictício e sem sentido, apresentava nas mesmas palavras as tensões na Prisão de Folsom e a necessidade de reformas, assim como a versão final que foi enviada aos deputados estaduais Willie Dunlap, John Brown, Alan Fong, March Sieroty, Leo Vasconcellos e John Ryan nos dias 7 e 8 de janeiro.

Em 11 de janeiro de 1972, David Antin e Blaise Antin foram "presos" e levados ao escritório do capitão da guarda para interrogatório. O interrogatório foi incomum e intimidador. O capitão Poy e o tenente Ten interrogaram Antin e Antin a respeito da carta e de seu conteúdo e tentaram provar que o documento visava "agitar" os internos.

David Antin explicou que havia datilografado o rascunho numa mesa designada a ele como escrivão do Departamento de Educação. O rascunho estava em sua posse ou em sua mesa depois das 15h30. A mesa não era acessível aos alunos internos que tinham aulas numa sala vizinha do seu escritório e estavam constantemente sob o olhar vigilante de um guarda.

O capitão Poy mencionou que se tratava de um uso não autorizado de materiais do estado. Ele insistiu que um interno perturbado "poderia" quebrar a mesa de Antin, pegar o rascunho e, depois de lê-lo, promover ações adversas à segurança da instituição. Perguntou a David Antin se havia carbonos da carta.

David Antin respondeu que havia cópias "escondidas". As referidas cópias foram posteriormente confiscadas da cela de Antin.

O capitão Poy concluiu o interrogatório ordenando que David Antin e Blaise Antin fossem segregados no Centro de Correção. Disse: "Não considero que a carta em questão seja do melhor interesse da custódia".

David Antin e Blaise Antin foram levados para celas disciplinares "solitárias" onde ficaram detidos até 16 de janeiro. De 16 de janeiro a 12 de fevereiro, foram confinados em celas individuais.

Em 14 de janeiro, Blaise Antin, o diretor da Prisão de Folsom e o senador Rich Gold, presidente do Comitê do Senado para Instituições Penais, reuniram-se para uma discussão sobre procedimentos disciplinares. Blaise Antin declarou que estava no "buraco" por escrever uma carta aos legisladores estaduais. O senador Gold perguntou por que Antin e Antin haviam sido colocados na solitária por escreverem uma carta aos legisladores estaduais. O diretor respondeu que Antin e Antin haviam sido colocados na solitária porque não havia celas individuais disponíveis e porque as circunstâncias de seus casos estavam sendo investigadas.

David Antin e Blaise Antin alegaram que havia celas individuais disponíveis em 11 de janeiro e que foram colocados nas solitárias como medida punitiva.

O diretor determinou que o assunto fosse amplamente discutido em uma audiência do comitê disciplinar em 15 de janeiro. Blaise Antin afirmou que os procedimentos do comitê disciplinar eram notoriamente injustos. Solicitou a presença de uma testemunha imparcial, como o capelão da prisão, ou um dispositivo de gravação, às suas custas, para ter algum registro do procedimento.

O diretor recusou os pedidos. O senador Gold pediu que o resumo dos procedimentos e disposições do comitê fossem encaminhados a David Antin e Blaise Antin. O diretor concordou em fazê-lo, mas não o fez.

Em 15 de janeiro, David Antin e Blaise Antin compareceram perante o comitê disciplinar, presidido pelo administrador do Centro de Correção da Prisão de Folsom. O comitê disciplinar questionou David Antin e Blaise Antin sobre o conteúdo do rascunho e se eles realmente acreditavam que as condições na Prisão de Folsom eram tão ruins, se a "prisão estava se tornando uma versão de Attica". Antin e Antin responderam afirmativamente.

Antin e Antin foram informados de que seriam comunicados sobre os resultados do comitê.

David Antin e Blaise Antin não receberam um resumo de suas respectivas audiências disciplinares.

Antin e Antin receberam os resultados do comitê que declaravam "Manter em c/c (Centro de Correção), revisão judicial para possível liberação após 1º de fevereiro de 1972, a depender do clima da instituição". Esta passagem em especial, "clima da instituição", com efeito atesta que Antin e Antin foram detidos por suspeita de agitação, e não por acusações apresentadas contra eles. Antin e Antin foram, portanto, condenados pelo que os prisioneiros da Califórnia chamam de "bife silencioso": um crime do qual não são acusados e contra o qual não têm permissão para se defender. O comitê disciplinar está punindo Antin e Antin por algo que outros prisioneiros podem fazer no futuro porque Antin e Antin escreveram uma carta aos legisladores estaduais protestando contra as condições na Prisão de Folsom.

Os registros dos casos de Antin e Antin agora contêm declarações de que esses prisioneiros são "revolucionários" e "agitadores". Essas declarações colocarão em jogo os empregos na prisão e a cessão de moradia de Antin e Antin, e os sujeitarão a ações desfavoráveis do Departamento de Liberdade Condicional e à pena de segregação durante varreduras periódicas, quando "militantes" e "revolucionários" forem removidos.

Foi negada a Blaise Antin a transferência para seu trabalho anterior como bibliotecário interno por causa de sua "escrita revolucionária".

Em 1961, Tarântula Negra, um indígena estadunidense, foi condenado à prisão perpétua, com a possibilidade de liberdade condicional após cinco anos de cumprimento da pena, por roubo de primeiro grau. Ele teve pena de segregação indefinida no Centro de Correção da Prisão de Folsom por cerca de seis anos.

Enquanto esteve entre a população geral da prisão de Folsom, o histórico de trabalho do Tarântula Negra foi bom. Ele recebeu pena de segregação indefinida por uma briga. Seu comportamento dentro do Centro de Correção foi exemplar. Tarântula Negra alega que está sendo mantido em pena de segregação indefinida porque se recusou a "andar de cabeça baixa" diante dos agentes penitenciários, pois é um homem orgulhoso e forte que anda ereto e com a cabeça erguida.

A explicação de Tarântula Negra quanto ao motivo de ser continuamente confinado pode ou não corresponder à explicação oficial dos agentes penitenciários, mas ele não sabe e não foi informado de nenhum outro fundamento para sua pena de segregação indefinida.

Tarântula Negra alega que membros do Departamento de Liberdade Condicional da Califórnia se recusaram a definir sua sentença ou a lhe conceder liberdade condicional devido à pena de segregação. Tarântula Negra, como Peter Gordon, foi condenado a uma punição vitalícia numa pequena cela.

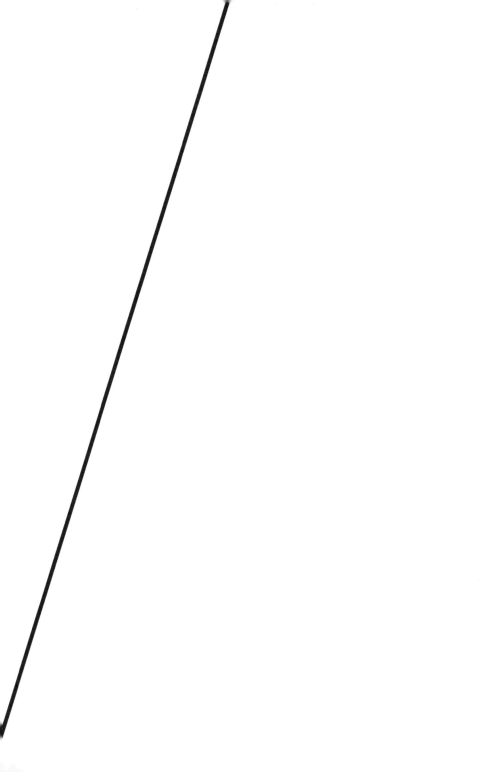

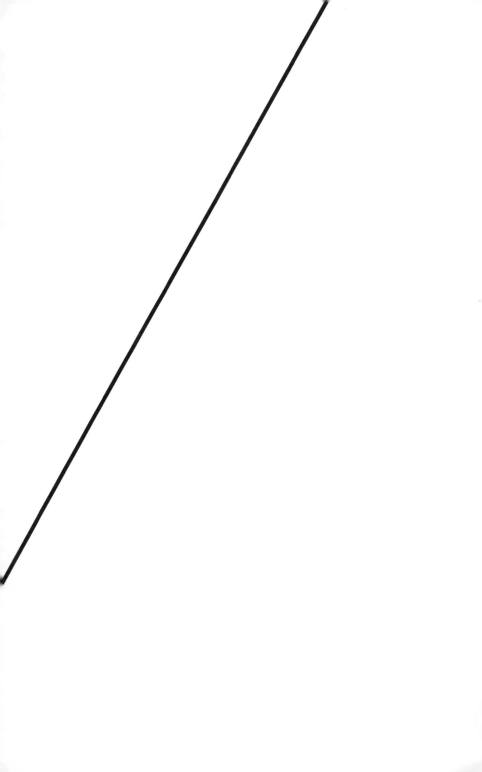

I Dreamt I Was a Nymphomaniac © 1974, 1980 by Kathy Acker© desta edição, crocodilo edições, 2024

FICHA TÉCNICA

Tradução
Livia L.O. dos S. Drummond

Foto da capa
Beatriz Toledo

Preparação
Diogo Henriques

Revisão
Daniel Rodrigues Aurélio

Projeto gráfico
Leandro Lopes

Capa
Lou Barzaghi

FICHA CATALOGRÁFICA

Dados Internacionais de Catalogação na Publicação (CIP) de acordo com ISBD

A182s Acker, Kathy

        Sonhei que era ninfomaníaca, imaginando... / Kathy Acker ; traduzido por Livia L O dos S Drummond. – São Paulo : crocodilo, 2024.
        104 p. ; 14cm x 21cm.

        Tradução de: I Dreamt I was a Nymphomaniac Imagining
        Inclui índice.
        ISBN: 978-65-88301-21-0

        1. Literatura americana. 2. Cultura punk. 3. Literatura queer. I. Drummond, Livia L O dos S. II. Título.

2004-392

CDD 810
CDU 821.111(73)

Elaborado por Vagner Rodolfo da Silva - CRB-8/9410
Índice para catálogo sistemático:
1. Literatura americana 810
1. Literatura americana 821.111(73)

CROCODILO EDIÇÕES

Coordenação editorial
Marina B Laurentiis
Lou Barzaghi

crocodilo.press
crocodilo.edicoes
crocodilo_ed

FONTE Arnhem e Impact
PAPEL Polen 75 g/m²
IMPRESSÃO Forma Certa